沧桑无语

王充闾／原著

张书婷／编注

中国出版集团 东方出版中心

图书在版编目（CIP）数据

沧桑无语 / 王充闾原著；张书婷编注. —上海：东
方出版中心，2010.10（2023.8 重印）
ISBN 978 - 7 - 5473 - 0225 - 5

Ⅰ.①沧… Ⅱ.①王… ②张… Ⅲ.①散文—作品集—
中国—当代 Ⅳ.①1267

中国版本图书馆 CIP 数据核字（2010）第 188381 号

沧桑无语

著 者 王充闾
编 注 张书婷
责任编辑 张爱民 刘 叶
装帧设计 钟 颖

出版发行 东方出版中心有限公司
地 址 上海市仙霞路 345 号
邮政编码 200336
电 话 021 - 62417400
印 刷 者 上海万卷印刷股份有限公司

开 本 890mm × 1240mm 1/32
印 张 7.375
字 数 205 千字
版 次 2010 年 10 月第 1 版
印 次 2023 年 8 月第 12 次印刷
定 价 39.00 元

编注者说

　　传统的中国知识分子常常向往一种诗意的人生境界,对他们而言,日常生活应具备一种诗性的象征,成为人的精神自由舒卷、翕张之地。在《沧桑无语》中,我们追随作者的足迹,漫游在青山碧水、云淡风轻的优美画卷中,感受着自然万物之中栖居着一颗弹跳的"诗心",聆听着一位智慧老人的梦幻与期待,又似乎,这里那里伫立着一位亲切、平和的讲故事的民间艺术家身影。

　　读史的意义莫过于让今人能"鉴前世之兴衰,察当今之得失"。无论是"青山魂"中潇洒绝尘的诗仙,还是"用破一生心"中的中兴第一名臣,读着读着,我们便一步步地走进历史,转眼似成古人。正因为有了现代思想的照耀,山川人物就有了光彩,历史的幽火若没有现实的块垒,便不能温暖今世人的心。

　　语文,不仅仅是一门单纯的学科,读《沧桑无语》,我们从王充闾的文章中,感受到彼时的语文已经是一场融历史、地理、科学、人文于一体的大综合,接受并融入这种大综合中,查疑补缺,学习变成了一种检验和提升自我的方式,而不再是仅仅为了获取高分,在繁重的功课之余轻轻传阅这本小书,将它变成你学习生活中的一本启迪智慧的大书。

　　读这本书的时候,可以结合每章后面给出的提示书目,结合着来读,每一篇文章都是立体的,全方位的,希望我们的同学放开视野,学会提出自己的观点,从静态的文字中读到清风白水,读到柳暗花明。阅读是学生时代的重要生命体验,也许此时的我们因为学业无法学

习古人那种漫游山川,游学四方的侠心剑胆,但是经典的永恒性让我们同样可以感受文字带来的魅力。

另外,读一个作家的作品需要读全集,单一的文章不能构成自我的健全性理解,书中的这十篇散文是王充闾历史文化散文中的精品,建议学有余力或对文史特别感兴趣的同学通读王充闾的其他作品。寻找和阅读的过程也是一种非凡的体验。

在纷繁的世界中,读书,守住为人的本性,守住心灵中那一片干净澄明的天空,通过已逝岁月中那些打动心灵之处的遥想,展示生命的激情。

目 录

第三单元　红尘解悟

沧桑无语

2

第一单元

DI YI DAN YUAN

千秋叩问

　　千年之后，斯人已逝，然读文读诗都能合上古人心率的拍子，为何，因为个体生命体验在时空上是如此相似，许许多多的体验是一代代人所通感的，无一例外地引发着共鸣，由李清照入篇，不管是政治国事还是爱情家庭，阅读本单元听作者叩问千秋，听自己叩问心灵。

■ 终古凝眉

一

那两弯似蹙非蹙、轻颦不展的凝眉，刀镌斧削一般深深地刻印在我的脑海里。我想象中的易安居士，竟然是这样，其实，也应该是这样。

斜阳影里，八咏楼头。站在她长身玉立、瘦影茕独的雕像前，我久久地凝望着，沉思着。似乎渐渐地领悟到或者说捕捉到了她那饱蕴着凄清之美的喷珠漱玉的词章的神髓。

> 千古风流八咏楼，江山留与后人愁。
> 水通南国三千里，气压江城十四州。

我暗诵着她流寓金华时题咏的，现时书写在塑像后面巨幅诗屏上的这首七绝。

八咏楼坐落在金华市区的东南隅，是一组集亭台楼阁于一体的风格独特的建筑。楼高数丈，坐北朝南，耸立在高阜台基上。登上百余级石阶，凭栏眺望，南山列嶂，双溪蜿蜒，眼前展现出的画卷，俨然一幅宋人的青绿山水。

八咏楼初名玄畅楼，为南朝著名文学家、史学

李清照（1084—1155)，山东济南人，号易安居士。南宋杰出文学家。代表作有《声声慢》、《一剪梅》、《如梦令》等。

李清照是"婉约派"最具代表性的词人，其作品少有这样壮阔豪迈的气概。读之，不禁想到其另一首："生当作人杰，死亦为鬼雄。至今思项羽，不肯过江东。"

3

家、时任东阳郡太守的沈约所建,至今已有1 500多年历史了。因为沈约曾在楼上题写过八咏诗,状写其愁苦悲凉的意绪,后人遂就此名之。唐宋以降,李白、崔颢、崔融、严维、吕祖谦、唐仲友等诗人骚客,都曾登楼吟咏,畅抒怀抱,一时云蒸霞映,蔚为壮观,遂使它成为浙中一带具有深层文化积淀的著名人文景观。当然,要就写得苍凉、凝重,大气磅礴,堪称千古绝唱这一点来看,易安居士的这首题诗当为压卷之作。

在创作上,易安谨遵以诗言志、以词抒情的固有传统。在其有限的传世诗篇中,这一首是颇具代表性的。际此强敌入境,国脉衰微如缕的艰难时世,漫天匝地、塞臆填胸的只有茫茫无际的国恨家愁。"愁"字为全篇点睛之笔。

现今的八咏楼为清代建筑,前有亭廊,重檐歇山顶,亭内塑有沈约胸像,壁间综合介绍了建楼的历史;后面是一组三进两廊的硬山顶木架结构,展厅气势闳阔,朱红的楹柱托举着高大的屋顶,正中悬挂着郭沫若手书的"一代词人"匾额,下方是一座雪白的易安居士雕像,四周陈列着她的生平经历和诗词文赋代表作品。

这种前轻后重、喧宾夺主的现象十分耐人寻味,它使人联想到成都的武侯祠,明明是昭烈庙,里面却主要陈列着诸葛武侯的文物。说来道理也很简单,"诸葛大名垂宇宙",他的声望要高出先主刘备许多。较之沈约,李清照在后人心目中也是如此。叙述与解释历史,必然带有叙述主体的选择、判断的痕迹。历史不能回避也无法拒绝后人的当代阐释,它的影子总要打在现实上。

二

拾级步下层楼，我们穿街越巷来到了婺江的双溪口。此间为武义江与义乌江两水交汇之处，故得名双溪。婺江流到这里，江面陡然变宽，水域十分开阔，所以，沈约在《八咏楼》诗中有"两溪共一泻，水浩望如空"之句。现在处于枯水季节，尽管水量还不算少，流势却显得纡徐、平缓，已经见不到当年那种双流急泻，烟波浩渺的气势了。

我们不妨把时针拨回到 860 多年前的初冬十月。就是在婺江双溪口的水旱码头上，已经过了"知天命"之年的易安居士，旅途劳顿，面带倦容，风尘仆仆地走出了船舱，她是从临安登上客船前来此间避难的。

"客子光阴诗卷里"，"又不道、流年暗中偷换"。转瞬间，已经由金风飒飒变成了煦日融融。禁不住窗外"绿肥红瘦"、"淡荡春光"的撩拨，她曾多次动念，想要走出那褊窄、萧疏的住所，步上八咏楼头，然后再徜徉于双溪岸畔，面对着滔滔西下的清溪和载浮载沉的凌波画舫，重温一番已经久违多年的郊外春游。

我们知道，她是特别喜欢划船的。少女时期，她常在溪上贪玩，"沉醉不知归路。兴尽晚回舟，误入藕花深处"。结婚之后，还曾在"红藕香残"的深秋时节，"轻解罗裳，独上兰舟"。可是，这一次却偏偏错过了大好春光，她虽然痴痴想望，实际上，却未曾泛

散文中有意借用了戏剧情境和戏剧冲突，巧妙设计悬念。突破了散文平铺直叙的表现方式，使之引人入胜，摇曳生姿。

这首词是宋绍兴五年（1135）李清照避难浙江金华所作。当年她是51岁。当时的她已处于国破家亡之中。丈夫已死，珍贵的文物也已散佚，自己流离失所，故词情极其悲苦。

舟溪上，而是了无意绪地恹恹独坐空房，捧着书卷，暗流清泪，哪里也不想去。正如她所表述的："纵然花月还相似，安得情怀似旧时！"最后，她抛书把笔，写下一首调寄《武陵春》的春晚词，以大写意的笔触，把一个心事重重、满腔悲抑、双颊挂着泪珠的愁妇形象及其凄苦心境，活脱脱地描绘了出来。

风住尘香花已尽，日晚倦梳头。物是人非事事休，欲语泪先流。　闻说双溪春尚好，也拟泛轻舟。只恐双溪舴艋舟，载不动、许多愁。

这是一个特定时间——正值残红褪尽、风光不再的暮春时节，它与人生晚景是相互对应的。太阳已经升起老高了，女主人公还呆呆地坐在床前，懒得把头发梳理一下，含蓄地表现了她的内心的凄清、愁苦。接着，就交代这凄苦的由来：于今风物依然而人事全非，令人倍增怅惋。正因为所遭遇的是一种广泛的、剧烈的、带有根本性的重大变化，故以"事事休"一语结之。在这样凄苦的情怀之下，自然是还没等说出什么，泪水就已潸潸流注了。为了摆脱这冰窖似的悲凉和抑郁难堪的苦闷，女主人公也打算趁着尚好的春光，泛轻舟于双溪之上；可是，马上她又打消了这种念头。她担心蚱蜢一般的小舟难以承载这塞天溢地、茫茫无尽的哀愁，因此，只好作罢。词中叠用"闻说"、"也拟"、"只恐"，把矛盾、复杂的心理变化，刻画得宛转、周折、细致入微。

自北朝庾信创作《愁赋》以来，善言愁者，代有佳构。形容其多，或说"谁知一寸心，乃有万斛愁"，或说"茫茫来日愁如海","恰似一江春水向东流";通过诗人的巧思,看不见摸不着的悲情愁绪形象化、物质化了:"浓似野外连天草,乱似空中惹地丝","闭门欲去愁,愁终不肯去;深藏欲避愁,愁已知人处"。而到了易安笔下,则更进一步使愁思有了体积,有了重量,直至可以搬到船上,加以运载。真是构想奇特,匪夷所思。

易安的"愁"之所以有体积,有重量,是因为她有着数倍于他人的国恨家仇。

三

易安居士从小就生活在一个学术、文艺气息非常浓厚的家庭里,受到过良好的启蒙教育和文化环境的熏陶。她在天真烂漫的少女时代,也像其他女孩子一样,对人生抱着完美的理想。童年的寂寞未必没有,只是由于其时同客观世界尚处于朴素的统一状态,又有父母的悉心呵护和优越的生活条件的保证,整天倒也其乐融融,一干愁闷还都没有展现出来。及至年华渐长,开始接触社会人生,面对政治漩涡中的种种污浊、险恶,就逐渐地感到了迷惘、烦躁;与此同时,爱情这不速之客也开始叩启她的灵扉,撩拨着这颗多情易感的芳心,内心浮现出种种苦闷与骚动。那类"倚楼无语理瑶琴"、"梨花欲谢恐难禁"、"醒时空对烛花红"的词句,当是她春情萌动伊始的真实写照。

那种内心的烦闷与骚动,直到与志趣相投的太学生赵明诚结为伉俪,才算稍稍宁静下来。无奈好景不长,由于受到父亲被划入元祐"奸党"的牵连,她被迫离京,生生地与丈夫分开。后来,虽然夫妇屏居

"赌书消得泼茶香,当时只道是寻常。"易安晚年想到此景此情,怕也会潸然泪下吧。

青州,相与猜书斗茶,赏花赋诗,搜求金石书画,过上一段鹣鲽相亲、雍容闲适的生活。但随着靖康难起,故土沦亡,宋室南渡,她再次遭受到一系列更为沉重的命运打击——中年丧偶,再嫁后遇人不淑,错配"驵侩之下才";与丈夫一生辛苦搜求、视同生命的金石文物,在战乱中损失殆尽;晚年孑然一身,伶仃孤苦,颠沛流离。这一切,使她受尽了痛苦的煎熬,终日愁肠百结,精神处于崩溃的边缘。

易安少历繁华,中经丧乱,晚境凄凉,用她自己的话说:"忧患得失,何其多也!"而其内涵又极为驳杂、丰富,一如本人所说,"怎一个愁字了得"。翻开一部《漱玉词》,人们不难感受到布满字里行间的茫茫无际的命运之愁,历史之愁,时代之愁,其中饱蕴着作者的相思之痛、婕妤之怨、悼亡之哀,充溢着颠沛流离之苦,破国亡家之悲。

但严格地说,这只是一个方面。若是抛开家庭、婚姻关系与社会、政治环境,单从人性本身来探究,也即是透视其用生命创造的心灵文本,我们就会发现,原来,悲凉愁苦弥漫于易安居士的整个人生领域和全部的生命历程,因为这种悲凉愁苦自始就植根于人的本性之中。这种生命原始的悲哀在天才心灵上的投影,正是人之所以异于一般动物、诗人之所以异于常人的根本所在。

这就是说,易安的多愁善感的心理气质,凄清孤寂的情怀,以及孤独、痛苦的悲剧意识的形成,有其必然的因素。即使她没有经历那些家庭、身世的变迁,个人情感上的挫折,恐怕也照例会仰天长叹,俯首低回,比常人更多更深更强烈地感受到悲愁与痛苦,经受着感情的折磨。

正是由于这位"端庄其品,清丽其词"的才女,自幼生长于深闺之中,生活空间十分狭窄,生活内容比较单调,没有更多的向外部世界扩展的余地,只能专一地关注自身的生命状态和情感世界,因而,作为一个心性异常敏感,感情十分脆弱且十分复杂的女性词人,她要比一般文人更加渴望理解,渴望交流,渴求知音;而作为一个才华绝代、识见超群、具有丰富的内心世界的女子,她又要比一般女性更加渴求超越人生的有限,不懈地追寻人生的真实意义,以获得一种终极的灵魂安顿。这两方面的特征紧密地结合在一起,必然形成一种发酵、沸腾、喷涌、爆裂的热力,生发出独特的灵性超越与不懈的向往、追求。反过来,它对于人性中所固有的深度的苦闷、根本的怅惘,又无疑是一种诱惑,一种呼唤,一种催化与裂解。

四

而要同时满足上述这些高层次的需求,换句话说,要达到精神世界异常充实和真正活得有意义有价值,则需要从两个方面提供保证:一是真情灼灼、丝毫不带杂质地去爱与被爱;二是通过卓有成效的艺术创造,确立自己特殊的存在。用一句话来概括,就是必须能够真正求得一种心灵上的归宿与寄托。

应该说,这个标杆是很高很高的了。好在易安都有幸地接触到了。就后者而言,她能自铸清词,骚坛独步,其创获在古代女性作家中是无与伦比的;而前一方面,通过与赵明诚的结合,也实现了情感的共

古代才女往往在对外界遭遇变故、人生苦难、爱情婚姻方面比寻常女子感受更深。敏感脆弱多思的性格使她们更渴望事物的美好,对在理想与现实的落差中的细微处也能体会深切。蔡文姬、李清照,甚至文学作品中的林黛玉均是这样的多思女子。

李清照在丈夫赵明诚去世后，经历了众多苦难，在情感与生活中都非常需要一个依靠，而张汝舟则刚好是出现的那个人，然而婚后张汝舟如得了志的中山狼，露出本来面目，对李清照的文物虎视眈眈，李清照第二次婚姻可谓遇人不淑，孤独悲凉的晚年生涯是她人生的又一次劫难。

鸣，灵魂的契合，生命的交流，尽管为时短暂，最后以悲剧告终。为了重新获得，她曾试图不惜一切代价，拼出惊世骇俗的勇气，毅然进行重新选择，然而所适非偶，铸成大错，使她陷入了更深的泥淖。至此，她的构筑爱巢的梦想宣告彻底破碎，一种透骨的悲凉与毁灭感占据了她的整个心灵。

这样，她就经常生活在想象之中。现实中的爱，游丝一般的苍白、脆弱，经受不住一点点的风雨摧残；只有在想象中，爱才能天长地久。前人有言："诗人少达而多穷"，"盖愈穷则愈工"。现实中爱的匮乏与破灭，悲凉之雾广被华林，恰好为她的艺术创造提供了源源不竭的灵泉。"吹箫人去玉楼空，肠断与谁同倚。一枝折得，人间天上，没个人堪寄"；"如今憔悴，风鬟雾鬓，怕见夜间出去。不如向帘儿底下，听人笑语"等一系列千古绝唱，就正是在这种心境下写成的。

一个灵魂渴望自由、时刻寻求从现实中解脱的才人，她将到哪里去讨生活呢？恐怕是唯有诗文了。我们虽然并不十分了解易安幽居杭州、金华一带长达20余载的晚年生活，但有一点可以断定，就是她必定全身心地投入到诗文中去。那是一种翱翔于主观心境的逍遥游，一种简单自足、凄清落寞的生活方式，但又必然是体现着尊严、自在，充满了意义追寻，萦绕着一种由传统文化和贵族气质所营造的典雅气氛。

诚然，易安传世的诗词不多，比起那些著作等身、为后世留下更多精神财富和无尽话题的文宗巨擘，未免显得有些寒酸，有些薄弱。可是，一部文学史告诉我们,诗文的永生向来都是以质而不是以量取胜的。如同茫茫夏夜的满天星斗一般,闪烁着耀眼光芒的,不过是有数的几颗。

作为有限偶在,"一代词人"李易安早已随风而逝;可是,她那极具代表性的艺术的凄清之美,她那灵明的心性和具有极深的心理体验的作品内容,她那充分感性化、个性化的感知方式和审美体验方式,却通过那些脍炙人口的词章取得了无限恒在,为世世代代的文人提供了成功的范本,像八咏楼前"清且涟漪"的双溪一样,终古润泽着浊世人群的心田。

读完本文,再读读安意如《人生若只如初见》中《风住尘香花已尽》一篇,同是写李清照,方式、角度各不相同,可比较体会文化散文的写作特点。

■ 梦寻

一

人生往往是一个悖论,自由飞翔的愿望和现实的种种羁绊之间,仿佛永远有一道无形的穿不透的墙。古人喜欢用"心游万仞"、"神骛八极"之类的话语来状写人的心志的放纵无羁。可是,实际上,却是有时被弃置在灵魂的废墟上,徒唤奈何;有时被拘禁在自己设置的各种世俗陈规的樊篱里,不能任情驰骋,像一只笼鸟那样,即使开笼放飞,也不敢振翮云天。只有酣然坠入了黑甜乡,在梦境中,神魂才会在大脑壳里的盈寸之地,展开它那重重叠叠的屏幕,放映出光怪陆离、千奇百怪的画面。既没有人去约束它,也不可能有计划地加以规范,完全处于一种自在自如的状态。

梦境,有的凄苦,有的甜蜜;有的使我们震怖,有的使我们焦急,有的却令人留连追恋,想望不置;有的使我们忧伤,有的却会带来现实中难以体味到的欢愉。

其实,梦境中表现的那个自我,往往比清醒状态下的更真实、更本色。因为在梦中任何人都会撒下包装,去掉涂饰,从而露出每个人的本来面目;而且,梦境是一部映射心灵底片的透视机，可以随时揭示出人们灵魂深处的秘密。但梦境却又是幻影婆娑，扑朔迷离，像日光照射下的林间碎影，像勉强连缀起来的残破的网片，又像是迸落在岩石上飞流四溅的浪花，不仅错乱复杂，不易解读；而且，电光石火一般，稍纵即逝，难于把握。

不过，有一点我是深信不疑的，就是说梦是现实生活中某些缺憾的一种补偿，是一种愿望的达成，是生活中某种追求的反映。亲人死去了，觌面无缘，人们便把重逢的希冀寄托在梦境之中；一件想望已久的事情，由于条件的限制或礼法的约束暂时无法实现，便把它付诸余生梦想，希望通过置身梦境如愿以偿。所以，歌德说："人性拥有最佳的能力，随时可在失望时获得支持。"他说，在他一生中有好几次是在含泪上床以后，梦境用各种引人入胜的方式安慰他，使他从悲伤中超脱出来，从而得以换来隔天清晨的轻松愉快。

看来，德国的这位大诗人是善于做梦的了。无独有偶，在中国，也有一位大诗人最懂得在梦境里讨生活。我敢说，古今中外的诗人中，陆游堪称是最善于做梦的一个，而且，许多梦中情境又能通过诗篇记叙下来。在现存的八十五卷《剑南诗稿》中，专门记述梦境的诗达 99 首之多，里面记叙了许许多多现实中未能实现而在梦境中得到补偿的快事。当然，这仅仅是他的纪梦诗的一部分。他在一篇文章中谈到，四十二岁之前，他大约作诗 18 000 多首，经过自己两次删定，只留下了 94 首，其中纪梦诗只有一首。料想在人生多梦的青年时期，他一定会做过更多的

陆游（1125—1210），字务观，号放翁，南宋山阴人。一生著述丰富，有《剑南诗稿》、《渭南文集》等数十种存世。陆游具有多方面文学才能，尤以诗的成就为最。

梦,写过更多的纪梦诗,可惜,绝大多数已经删除,后人无缘得见了。

陆游的梦,和他的诗一起留传下来,其中最能撄人心魄的还是围绕着沈园展开的那段凄怆感人的爱情故事。

20世纪80年代初,我在杭州、绍兴住过一些时日,曾经去沈园游览过两次。那时,里面的景观刚刚恢复,许多被人占去的园地还没有退还,看了不免有荒凉、褊窄之感。好在越中明眼人毕竟很多,他们没有在昔日名园周遭摆上座座华堂广厦,而是尽量让它保持一种雅淡、萧疏的韵致,不使它为"都市文化"所熏染。假如为了招徕游人,追求洋化,硬是在荒园内外布下种种现代设施,那就无异于给白发翁媪套上蝙蝠衫、牛仔裤,弄得不伦不类,令人意兴索然了。

距离那次初游沈园,一晃儿又是十几年了,听说那里已经发生了很大变化。这次恰好有永嘉、雁荡之行,我曾想,待浙南之旅结束后,再去绍兴看看沈园。不料,因为有急务等着处理,只好打破原来的计划,直接飞回关东的沈阳,而浙东的沈园竟失之交臂。闷坐在"抟扶摇而直上"的北行客机上,心中总觉着有一点缺憾。秋宵苦短,一眨眼的工夫,夕阳的猩唇已经吻别了地母,四围陷入了沉沉的夜幕笼罩之中,我也就斜倚舷窗和衣睡下了……

突然,听到有人招呼:"到了,到了,带上背包,下来吧。"我也没有弄清楚这是什么所在,便稀里糊涂地随着人群走进了一处园林。推开两扇虚掩着的园门,迎面是一座绵延的假山,山上有石筑方亭,鹊然耸立,为全园的制高点,两旁廊柱上嵌着一副对联,

上联的词语忘记了,下联似乎是:"石亭无语俯瞰今古情缘。"凭高四望,一览无余,更觉得整座园林实在是过于狭小了,而且,游观的景点也不多。只是由于它具有比较丰富的历史内涵,留出颇大的艺术空筐,可供人们遐思无限,浮想联翩。何况,荒疏之美,堪入画本;天然平淡,容我低回盘桓,正不妨暂时抛却那些世务酬答,享受一番"城市山林"的逸趣。

山下,静卧着一湾水池,窄狭处横架着一座石桥,看去宛如系在葫芦颈上的一条绢带。我心想,这就是那个葫芦池了。还没等跨上去,就见白石栏杆上题着"春波"二字,看似郭沫若的笔迹。记得20世纪60年代初,郭老来过这里,还写了一篇纪游文字,填了一首词,有"宫墙柳,今乌有。沈园蜕变怀诗叟"之句。三十年过去了,今天,大体上还是这般风色,也没见到有太多的变化。这次我来,恰好也在秋天,金风送爽,细雨霏微,正是"道是无晴却有晴"的天气。湖畔柳槲成行,照影清浅。这里那里,点缀着一簇簇黄花瘦朵,衬着静水闲云,确也不乏野趣。

雨滴稀稀落落地漫空飘洒,葫芦池上泛起轻轻的涟漪。但游人的兴致并未因之稍减。一对对情侣林亭对坐,池畔勾留,偶尔也有二三男女青年踏着芳草闲花,笑闹嬉游。时代不同了,他们可以不受外在压力干预,自由地选择着自己的感情客体,因而也无从尝到旧时代封建婚姻的凄苦况味。他们哪里想到,就是迈出这么"普通的一步",前辈足足走了几千年的时间。

我突然想到,应该去看看当年的题壁词,留个影。走到墙角处,却见一个城建部门的招商广告牌

跟随作者的脚步一路缓步踏来,惠风和畅的天气里欣赏着云卷云舒,闲散舒缓的笔法犹似《老残游记》。

15

挡住去路,上面写着要建一批饮食服务设施,什么"杏花深巷"的美容厅,"又一村"的桑拿室,还有什么"大酒楼",我已无心细看,只觉得心里有些堵得慌:利用名人效应,在这里建起这些楼堂馆阁,肯定能够赚大钱;可是,原有景观的萧疏、雅淡的韵致,却将破坏无遗了。我想找有关部门提出意见,却无论如何也转不出去……

情急之下,蓦然苏醒,却是沉酣一梦。睁开眼睛,静了静神,感到十分诧异的是,梦中情境竟是那样清晰。谁说梦影婆娑,扑朔迷离呢?

前些年,我曾见过一幅古代流传下来的《沈园图》,画面上楼阁参差,林亭掩映,小桥流水,花影重重,兼具幽雅与华美、秀丽与萧疏的特点,是一座典型的宋代园林。但是,"江山也靠文人捧",它之所以名传后世,不与古代的无数园林同倾共圮,湮没无闻,还不是因为它极为幸运地遭遇了一位大诗人!

公元 1155 年的一个春日,陆游在这里与其十年前的爱侣不期而遇,留下了一首哀婉动人的词,后来由于"爱屋及乌",还写过许多有关沈园的诗。从此,便地以人传,园以诗传,世世代代活在人们的心里。

二

在二十岁这年,陆游和舅舅的女儿唐婉结婚了。唐婉是一个美貌多情的才女,对于诗词有很好的修养,和陆游兴趣相投,因此,他们婚后的生活十分美满,情深意笃,以白头偕老相期;又兼亲上加亲,按说家庭关系也应该处理得很好。谁料,陆游的母亲竟

沧桑无语

然对自己的内侄女很不喜欢,最后甚至蛮不讲理地硬逼着儿子和她仳离。如果处在今天,夫妇完全可以不去管它,至多离家另过就是了。可是,在那理学盛行的时代,在吃人的封建礼教的威压下,陆游是无论如何也不敢违抗"慈命"的,他只能向母亲婉言解劝、百般恳求,而当这一切努力都毫无效果之后,就只好含悲忍痛,违心地写下了一纸休书。一对倾心相与的爱侣,就这样生生地被拆散了。后来,陆游奉父母之命另娶了王氏,忍辱含垢的唐婉也在叩告无门的苦境中,改嫁给同郡的赵士程了。

又一曲《孔雀东南飞》,不同的是刘兰芝和焦仲卿生不能相依,死却也相随,而陆游和唐婉却生离死别,郁郁终生。

光阴易逝,转眼间十年过去了。在一个柳暗花明的春天,陆游百无聊赖中,信步闲游于禹迹寺南的沈家花园,偶然与唐婉及其后夫相遇。尽管悠悠岁月已经逝去了三千多个日夜,但唐婉始终未能忘情于陆游。此时,见他一个人在那里踽踽独行,情怀抑郁,唐婉心中真像打翻了五味瓶,说不出是酸是苦,分外难受。赵士程为人还算豁达洒脱,当下已经觉察了妻子痛苦的心迹,便以唐婉的名义,叫家童给陆游送过去一份酒肴。

陆游坐在假山上的石亭里,呆呆地望着伊人"惊鸿一瞥",转眼已不见了踪影;温过的酒已经变冷,肴馔也都凉了。他眼含清泪,一口口地吞咽着闷酒,体味着唐婉深藏在心底的脉脉深情,心中霎时涌起一丝丝的愧怍;想到人世间彩云易散,离聚匆匆,不禁百感交集,顺手在粉墙上题下了一首凄绝千古的《钗头凤》词:

红酥手,黄縢酒,满城春色宫墙柳。东风恶,

第一单元 千秋叩问

17

欢情薄。一怀愁绪，几年离索。错！错！错！

春如旧，人空瘦，泪痕红浥鲛绡透。桃花落，闲池阁。山盟虽在，锦书难托。莫！莫！莫！

上阕透过眼前的实景，忆述当日美满姻缘的破坏经过及其沉痛教训；下阕写春光依旧而人事已非，昔日温存仅留梦忆。

原来，古代诗文有口头与书面两种传播形式，题壁属于后者。当诗人意兴淋漓、沛然发作之时，往往借助题壁的方式来发抒磅礴的逸气，浇洗胸中的块垒。这种"兴来索笔漫题诗"，就古代文人自身来说，自不失为一种富有艺术情趣的生活内容和抒怀寄兴的方式，其间总是蕴含着层次不一的非语言的信息；而对于普通读者，则是一种近乎大众化的免费的精神享受，包括着对于诗人襟怀的解读以及诗情、书艺的欣赏。

有人考证，题壁始于汉代，已见于《史记》的记载；到了唐、宋时期，便成为骚人墨客惯用的一种写作方式，几乎达到无人不题、无处不题的程度。陆游是题得最多的诗人之一，正如他自己所说："老去有文无卖处，等闲题遍蜀东西"，"酒楼僧壁留诗遍，八十年来自在身"。

相传，唐婉后来重游沈园，看到了陆游的题壁词，不胜伤感，当即沿袭前调和了一首：

世情薄，人情恶，雨送黄昏花易落。晓风干，泪痕残，欲笺心事，独语斜栏。难！难！难！

人成各，今非昨，病魂常似秋千索。角声

18

寒,夜阑珊,怕人寻问,咽泪装欢。瞒!瞒!瞒!

不久便悒郁而终。

清代诗人舒位曾就陆游、唐婉的这场爱情悲剧写过一首七绝:

> 谁遣鸳鸯化杜鹃?伤心"姑恶"五禽言!
> 重来欲唱《钗头凤》,梦雨潇潇沈氏园。

寥寥四句,下笔如刀,无情地鞭挞着以"恶姑"为代表的封建宗法势力,揭露了造成这场人为的悲剧的社会根源。

三

纯真的爱,作为人类一种自愿的发自内心的行为,作为自由意志的必然表现,是不能加以强制命令的。外力再大,无法强令人产生情爱;同样,已经产生的情爱,也不会因为外在压力的强大而被迫消失。陆游,这个生当理学昌盛时期的封建知识分子,没有、也不可能以足够的觉悟和勇气,去奋力抗击以母亲为代表的封建宗法势力,但在他的内心世界,却始终不停地翻腾着感情的潮水,而且,一有机会就冲破封建礼法的约束,作直接、率真的宣泄。诚如他自己说的,"放翁老去未忘情"。他年复一年地从鉴湖的三山来到城南的沈园,在愁绪恨缕般的柳丝下,在一抹斜阳的返照中,愁肠百结,踽踽独行。旧事填膺,思之凄哽,触景伤情,发而为诗。这种情怀,愈到老

我想在别人面前隐瞒我的病情;隐瞒我的悲伤;隐瞒这种种悲伤都是来自对你的思念!可是,又能瞒得过谁呢?

沈园是陆游一生爱情生活的见证,也是他留下许多回忆,情牵一生的地方。

年愈是强烈。

　　陆游五十九岁这年，正伏处故里山阴。一次夏夜乘舟中，他忽然听到岸边水鸟鸣声哀苦，像是叫着"姑恶，姑恶"，当即联想到他和唐婉的爱情的悲剧结局，随手写下了一首五言诗。诗的最后四句是："古路傍陂泽，微雨鬼火昏。君听'姑恶'声，无乃遣妇魂？"

　　九年之后的一个深秋，陆游重游沈园，看到蛛网尘封中，当年的题词尚在，而伊人已杳，林园易主，流风消歇，不禁怅然久之。于是写下一首感旧怀人的七律：

> 枫叶初丹槲叶黄，河阳愁鬓怯新霜。
> 林亭感旧空回首，泉路凭谁说断肠？
> 坏壁醉题尘漠漠，断云幽梦事茫茫。
> 年来妄念消除尽，回向蒲龛一炷香。

晋朝的潘岳曾任河阳县令，后人遂以"河阳"来指称他。潘岳写过三首悼念亡妻的诗，在文学史上很有名。陆游的这首诗，寄托了对已故去多年的唐婉的深切怀念，同样具有悼亡性质，因而便以"河阳"自喻。诗翁满怀深情地说，林亭回首，泉路无人，如今幽冥异路，重见难期，只能心香一炷，遥遥默祷了。

　　陆游七十五岁这年春天，再一次重游沈园，怀着更加沉痛的悲情，写下了两首七绝：

> 城上斜阳画角哀，沈园非复旧池台。

伤心桥下春波绿,曾是惊鸿照影来。

梦断香销四十年,沈园柳老不吹绵。
此身行作稽山土,犹吊遗踪一泫然。

从诗中可以推知,唐婉大约在陆游三十五岁前后故去。诗人感叹好梦难寻,韶光不再,四十载倏忽飞逝,回思既往,益增唏嘘。这时,陆游已届风烛残年,知道自己亦将不久于人世。但老怀难忘,仍然耿耿钟情于这位无辜被弃、郁郁早逝的妻子。

对于美好的事物,人们总是无限追恋的。当残酷的现实扯碎了希望之网时,痛苦的回忆便成了最好的慰藉。七年后的秋天,他又写了一首七绝:

城南亭榭锁闲房,孤鹤归飞只自伤。
尘渍苔侵数行墨,尔来谁为拂颓墙?

直到八十四岁高龄,他在《春游》诗中还写道:

沈家园里花如锦,半是当年识放翁。
也信美人终作土,不堪幽梦太匆匆。

在恋人的眼里,唐婉永远是美目流盼的丽人。诗中的"幽梦匆匆",乃是追叹他们夫妇美满生活的短暂;"美人作土"云云,似是哀悯世间一切美好的事物总逃不脱陨灭的厄运。

此刻的诗翁已经临近了生命的终点,死神随时都在向他叩门;但是,他那深沉、炽烈、情志专一的爱

初恋那段纯真美好的过往,成了永远的旧伤疤。想象一位风烛残年的老人独坐槐树下想念妻子,终其一生的爱情,浓烈到连死亡都不可阻挡,只盼着终有一天黄泉相见能再续前缘。诗人的爱情残酷到唯美。

的火焰,却伴随着生命之光仍在熠熠地燃烧着。一年过后,诗翁也辞别了人世。

犹如春蚕作茧,千丈万丈游丝全都环绕着一个主体;犹如峡谷飞泉,千年万年永不停歇地向外喷流。爱情竟有如此巨大的魅力,历数十年不变,着实令人感动。就一定意义来说,爱情同人生一样,也是一次性的。人的真诚的爱恋行为一旦发生,就会在心灵深处永存痕迹。这种唯一性的爱的破坏,很可能使尔后多次的爱恋相应的贬值。在这里,"一"大于"多"。对于这种现象,我们应该提到爱的哲学高度加以反思,而不应用封建伦理观念进行解释。

陆游与唐婉的爱情生活,在吃人的礼教和封建宗法制度下,最终的结局注定是悲剧性的。因为爱情栖身的社会首先是一种现实,然后才是理想。但是,陆游与唐婉的感人诗章和美好形象,却将永远活在人们的心里。

四

我相信古人说的:"诵其诗,读其书,不知其人可乎?"所以,每当读了某人的诗文集,我总要沉思默想一番作者的音容笑貌、品性丰神,努力使他(她)在眼前挺立起来,活灵活现。

读过了陆游的《剑南诗稿》、《渭南文集》和关于他的几部传记,仿佛觉得这位老诗翁就在我的身旁,倾吐着他的"忧国复忧民"的积愫,愤切慷慨地朗吟着他那豪情似火的诗章;凌晨起来散步,耳边也似乎回响着老先生情深意挚的娓娓倾谈。但诗翁的形象

"春蚕到死丝方尽,蜡炬成灰泪始干";"人生自是有情痴,此恨不关风与月";"只愿君心似我心,定不负相思意"描写爱情伟大的诗句不胜枚举。

除了爱情,陆游的一生都与"建功立业"、"忧国忧民"联系在一起。

却并不十分鲜明。虽然他的诗里有"团扇家家画放翁"之句,但我却没有见过几幅他的画像。按照明人黄道周对他的形象的描述:"供之千佛经前,又增得一幅阿罗汉像也",我想象他的个头不会太高,面相是和善的,甚至看起来有些憨态,没有李白那种丰神俊逸、潇洒出尘之慨。但是,应该说,两人的"虽长不满七尺,而心雄万夫"却是一致的。

从接受美学的角度,在欣赏陆游诗作过程中,我习惯于凭借自己的生活经验和审美情趣,进行艺术的再创造。透过那些炽烈喷薄的诗章,看到了诗翁的盘马弯弓之姿、气吞残虏之势,感受到的是诗人的雄豪雅健;可是,同时却也体味到了他的英雄失路、托足无门、壮士凄凉、宝刀空老的悲哀。就中,给我印象最深的是他那对祖国、对爱情的执着坚定、至死靡它的精神,简直可以说是感天地而泣鬼神。如果用一种意象来表达,我倒觉得放翁诗中反复咏赞的"雪虐风饕益凛然,花中气节最高坚"的梅花,可以略相仿佛。

宋徽宗宣和七年(1125)十月十七日,风雨大作,波涛滚滚,陆游出生于航驶在淮河上的一只官船中。父亲陆宰带着家眷奉调进京。此时的政局正和天气一样,处于艰危动荡、风雨飘摇之中。女真族的军队于是年二月扑灭了辽朝,十二月又大举侵宋,占领了燕山府,然后兵临太原。徽宗仓皇退位,钦宗上台,第二年京城开封陷落,钦宗向女真军队投降。金人纵兵屠杀劫掠,然后尽俘后妃、公主、赵氏宗室、皇亲国戚以及百技工匠、倡优僧侣、儒士生员等 3 000 余人连同徽、钦二帝一并北上。陆游就是在这种政治

环境中,开始了他的童年生活。

他接受的人生第一课,便是随同家人四方逃难。"儿时万死避胡兵",在诗人幼小的心灵上,铭刻了对敌人的刻骨仇恨和团结御侮、保境安民的愿望。

他在成长过程中,接触的多是一些爱国志士。正如他在一篇文章中谈到的,每论及时势,他们"未尝不相与流涕哀恸,虽设食,率不下咽引去"。从青年时代起,诗人便立下了"上马击狂胡,下马草军书"的志愿,铸就了一个热血丹心、刚肠铁骨的英迈形象。

恰如钱锺书先生所说,爱国情绪饱和在陆游的整个生命里,看到一幅画马,碰见几朵鲜花,听了一声雁唳,喝几杯酒,写几行草书,他都会惹起报国仇、雪国耻的心事,这股热潮有时甚至泛滥到梦境里去。即使是残年老病,政治上遭受重重打击,处境十分艰难的情况下,诗翁也从不叹老嗟卑,仍旧期待着重跨战骥,披坚执锐,奔赴杀敌的前线:

见《十一月四日风雨大作》。

僵卧孤村不自哀,尚思为国戍轮台。
夜阑卧听风吹雨,铁马冰河入梦来。

但是,命运对他实在过于苛酷,终其一生,也难得一遇大展长才以酬夙志的机会。许多愿望只能靠梦中结想、梦中追忆。他在七十七岁时,追忆征西幕中旧事,有"不如意事常千万,空想先锋宿渭桥"之句,可说是很好的概括。

陆游的爱情生活饱经颠折,仕途更是十分坎坷。二十九岁赴临安参加省试,经过多年的刻苦学习和

沧桑无语

24

名师的指点,他在经义与诗文方面都取得了优异成绩,很有录取第一的希望。可是,偏偏宰相秦桧的孙子秦埙也前来应考,并已授意主考官,必须位列前茅。主考官陈之茂是一个公平正直、不畏权势的人。他在阅卷中,发现陆游比秦埙考得好,便把陆游擢为第一,秦埙列为第二。秦桧得知,大为震怒,在第二年殿试时,公然把陆游刷掉;并且要查办陈之茂,只是由于这个权奸不久就死去了,才算作罢。

直到三十四岁,陆游才谋取一个福州宁德县主簿的职位,后来又担任过镇江府、隆兴府的通判,却又屡遭弹劾。原来,在强敌压境的危难关头,主战是有罪的,结果以"交结台谏,鼓吹是非,力说张浚用兵"的罪名,被免职罢归。后来,入蜀为参议官,他"乐其风土,有终焉之志",这也不行,结果又以"恃酒颓放"为由,再次罢官。六十五岁时,一度入朝参与修高宗实录,他趁机建议朝廷"缮修兵备,搜拔人才",挽救弊政,以图恢复,不但未被接受,反而因频发逆耳之言而被劾去官。

但是,陆游的骨头是很硬的,从来不谄事权贵,不向投降势力屈服。"过时自合飘零去,耻向东君更乞怜",诗翁吟咏落梅的名句,正是他自己的真实写照。

五

既然梦是人们现实生活中的不足的补偿,那么,现实生活中无法得到的东西就只有凭藉梦境来兑现了。

陆游一生写梅的诗词众多。梅花那不畏严寒,不惧冰雪,凛然开放于山崖水边,不与百花争艳的品格与陆游全然相似,所以得到了陆游的特别钟爱。

说来,梦也真正是个好东西。哪怕是天涯万里,上下千年,幽冥异路,人天永隔,也可以说来就来,说见就见。梦中似乎不存在时间与空间的概念,也不大考虑基础和条件。清人胡大川《幻想诗》中有"千里离人思便见,九泉眷属死还生","大地有泉皆化酒,长林无树不摇钱"之句,现实生活中根本做不到,可是,梦境中却能够实现。而且,由于梦具有补偿缺憾的功能,能够提供渴望获得而未能到手的东西,因此,许多梦都是甜美的。

当然,一切事物都是得失相兼、利害共生的。正由于梦不顾及时空条件,因此,往往虚无缥缈,了无踪迹,如电光石火一般,倏然而逝,所谓"绮梦难圆"者也。更主要的是,现实中得不到的,梦境中也未必就能如愿以偿。林黛玉魂归离恨天,贾宝玉到了潇湘馆号啕大哭一场,意犹未尽,还想在梦中见上一面,细话衷肠,于是,诚心诚意地独自睡在外间,暗暗祷告神灵,希望得以一亲脂泽,孰料"却倒一夜安眠,并无有梦"。大失所望中,只能颓然慨叹:"悠悠生死别经年,魂魄不曾来入梦。"第一次愿望没有达成,又寄希望于第二次,结果,照样是一无所获。

大抵人们做梦,不外乎由内在与外在双重因素促成。所谓内在,是指精神上、心理上的,也就是人们常说的:"梦是心头想","昼有所思,夜有所梦"。而外在因素,即是指身体上、生理上的,比如,心火盛即往往夜梦焦灼;四体寒凉则梦见风雨交袭。古人把前者叫做"想",把后者叫做"因"。两者结合起来,决定了一个人在什么情况下会做什么梦。陆游有诗云:"心安了无梦,一扫想和因。"话是这么说,实

梦虽甜美,却短暂缥缈,就像陆游与唐婉的爱情生活甜蜜而匆促。美好的事物总是来不及抓住就溜走了,而得到的那刻瞬间就是永恒。

沧桑无语

际上，一个人只要活在世上，就必然与外界事物接触，"百忧感其心，万事劳其形，有动乎中，必摇其精"，又怎么可能无"想"与无"因"呢？

当然，想是一回事，而究竟梦见什么又是另一回事。有时，梦中情境同所期望的恰相悖反，像俗话说的，本意是去草原，却一头栽进了马厩，这也是常见的事。比较起来，陆老诗翁是幸运的。现实中得不到的，他都一一寄托于梦境，常常能够得到补偿。

他于四十九岁这年的八月底，在嘉州以权摄州事身份，成功地主持过一次军队的秋操检阅。他由此联想到，国家并不是没有抵抗侵略的武装力量，只是没有很好地组织；自己也不是不能用武的文弱书生，只是没有这个机会。否则，"草间鼠辈何劳磔，要挽天河洗洛嵩"，那是毫无问题的。

凭借这个因由，九月十六日晚上就做了一个梦。梦境中，他率同大军驻扎河东，声威赫赫，所向披靡，当即派出使者，招降敌人占领下的边郡诸城，"昼飞羽檄下列城，夜脱貂裘抚降将"，"腥臊窟穴一洗空，太行北岳元无恙"。尽管不过是黄粱一梦，但是，当时那种称心快意的劲头，实非笔墨所可形容者："更呼斗酒作长歌，要遣天山健儿唱。"

这类令他快然于心的梦，后来还做过。一次，梦中随从皇帝车驾出征，全部收复所失故地。"驾前六军错锦绣，秋风鼓角声满天。""凉州女儿满高楼，梳头已学京都样。"沦陷区人民兴高采烈投入祖国的怀抱，不仅重睹"汉家威仪"，而且，连梳妆打扮都与京城趋同了。

陆游一生中最称心的岁月，是在南郑前线的半

陆游的一生都想着建功立业，保国杀敌，在他身上流露出强烈的爱国主义激情。然而他的一生却仕途坎坷，多次受到当权者的排斥打击。现实中无法抒展自己报国的鸿愿，就常借助诗文和梦境来表达，在陆游的诗中，写梦中战场杀敌的场景较多，这是陆游诗歌的一大特色。

27

年时间。当时,抗战派首领王炎任四川宣抚使,驻节南郑,掌握着西北一带的兵力和财力,看来是很可以有一番作为的。陆游过去虽然也喜欢谈兵论战,划策筹谋,但毕竟都是纸上空谈。这次,有幸来到王炎的幕下,而且深得信任,正是一展长才的机会。于是,他向主帅"陈进取之策,以为经略中原必自长安始,取长安必自陇右始"。

除了帮助首长处理一些日常事务,他还经常骑着马巡视各方,传达指令,并且到过大散关下的鬼迷店和仙人原上的仙人关,这两处都是宋、金对峙的最前线,有时身披铁甲,骑着骏马去追击敌人。出兵临阵之外,主要的生活是行围打猎。一次,正在催马扬鞭,纵横驰骋,突然一阵风起,一只猛虎蹿出,陆游挺起长矛戳去,正中老虎的喉管,"奋戈直前虎人立,吼裂苍崖血如注"。一场令人惊怖的搏斗,就这样胜利地结束了。

可惜,这样的战斗生涯只过了半年,随着王炎的调回临安,欢快的生活亦告终结。虽然像一场短梦那样,还没来得及仔细地玩味就惊醒了,但却刀刻斧削一般,在他的心中留下了永生难以忘怀的印象。九年后,他已经回到故乡山阴赋闲,当忆起这段生活时,曾经写道:"骏马宝刀俱一梦,夕阳闲和饭牛歌。"又过了十年,他已经六十七岁了,在一首《怀南郑旧游》的七律中,再次惋叹:"惆怅壮游成昨梦,戴公亭下伴渔翁。"

反复慨叹往事如烟,旧游成梦,一方面说明这段生活的短暂,一方面也可以看出他对这段美好经历是何等的珍视。西线陈兵,简直成了陆游的一个永生不解的情结，因而不但反复忆起，更是多次结想成梦。他自己曾说过："客枕梦游何处所？梁州西北上危台。""慨然此夕江湖梦，犹绕天山古战场。"一部《剑南诗稿》中，记载这方面内容的梦中之作不胜枚举，有的在题目上还直接标明"梦行南郑道中"、"梦游散关渭水之间"。如果说，往事如梦如烟，那么，这段往事再进入梦境之中，并且把它形诸笔墨，那就真正是梦中说梦了。

陆游胸中的另一个情结，就是早年离异的爱妻唐婉，使他梦绕魂牵，终生不能去怀。料想在他四十二岁之前，肯定会有大量的这方面的纪梦之作，只是由于绝大部分已经删除，剩下的只是千分之五，所以，后人就无由得见了。现在硕果仅存的是诗翁八十一岁这年，梦游沈氏园亭写下的两首七绝：

路近城南已怕行，沈家园里倍伤情。
香穿客袖梅花在，绿蘸寺桥春水生。

城南小陌又逢春，只见梅花不见人。
玉骨久成泉下土，墨痕犹锁壁间尘。

虽然爱侣仳离，劳燕分飞，已经整整过去了一周甲子，距离他们的最后一次相见，也经过了半个世纪；但是，唐婉的音容笑貌以及寄托着他们无限深情的沈园，却常萦梦寐，久而弥新。路近城南，沈家园里，伤情无限的又何止陆游自己，千载以还，有谁驻足其间能不抛洒一掬同情之泪呢？

千年之前的这一对爱侣又一次因为传统封建礼教而劳燕分飞，想起诗人舒婷在《神女峰》中曾写到一位女子"与其在悬崖上展览千年，不如在爱人的肩头痛哭一晚"。那份惊世骇俗里的执著里藏着对中华文化中一个千年痼疾的背叛。

六

写到这里，我忽然记起了一桩往事。20世纪60年代初，我在一家报社编文艺副刊，一次采访中，偶然结识了乡先辈凫潜先生的孙女、在中学执教的赵剑霞女史。她在闲谈中提到，祖父凫潜翁民国初年，曾在绍兴、萧山一带督学，公余之暇，常去鉴湖、三山、沈园一带访察，于陆游、唐婉的爱情悲剧有比较深入的研究，并就此写过专题文章。反"右"斗争时，先生还在世，怕招来祸患，连同其他一些文稿统统烧掉了事。剑霞姊妹多次听祖父讲过民间流传的关于陆、唐结褵和婚变的轶事。

据说，唐婉字蕙仙，早慧多才，父母去世后，往依临安从政的叔父。因陆、唐两家是世代姻亲，经陆游的老师曾几作伐，便嫁到了陆家。蕙仙能诗，而且雅善弹琴、赋曲，陆游的双亲望子成龙心切，唯恐夫妻间耽于燕婉之欢，而误了儿子的功名。加上尼姑算命，说唐婉命注孤鸾，克双亲，损夫寿，折子息，使陆母尤其厌恶，于是断然下令，逐出家门。陆游曾另外找了一个地方把她藏匿起来，两下暗中来往，后被母亲察觉，登门问罪，只好彻底分手。

离散十年后，唐婉与陆游偶然在沈园重见，有馈食、和词之举，此后，她的那首《钗头凤》，便和陆游的词一同流传下来。据说，唐婉辞世前还写过许多诗，备述她与陆游婚后鹣鲽相亲的生活和离异、被逐后的相思之苦。剑霞女史仅从祖父那里录下来一组七言绝句：

款款情深展素心，西楼一霎悟前因。

渔郎识得桃源路，二月春浓欲问津。

——《遇合》

记得花荫并影时，湖山痴恋晚归迟。

十年怕作长堤忆，旧梦分明感不支。

——《湖游》

芳衷脉脉漾愁波，独立东风损黛蛾。

底事花前无一语？梨林缟素似银河。

——《幽怀》

弦断音稀岂凤因？千秋薄命属才人。

零笺碎简愁难遣，恨裛西风日半沉。

——《恨别》

　　诗章情文双至，感怀真挚，凄怆动人，若非亲身
经历，自难措手。但我仔细斟酌，总觉得与唐婉情况
未尽合榫；而且，风格也与宋诗迥异，以唐氏之词加
以比较，也有文野之别，倒是颇像晚清、民国年间报
章上登载的作品。或是浙东一带后世某一女郎与唐
婉有类似经历，却又出于种种原因，不便也不愿抛露
头角，便将己作假托唐婉之名，借以流传，也未可知。
"姑妄言之姑听之"吧，记在这里，聊助谈资。能为研
究陆游婚恋情况的诗人、学者提供一点民间的传闻，
总还是可取的。

　　如果相信这些诗作确实出自唐婉之手，有的读
者可能要问：陆游是否看到过它们？就这个问题，我

诗文真假已不重
要，重要的是这些忧伤
的诗文记录了在封建
礼教下一个女子的爱
情悲剧。这是个人的
悲剧更是时代的悲剧。

也曾与剑霞女史作过探讨。她说，没听祖父说过。据我分析，唐婉死于绍兴三十年（1160）前后，其时，陆游正从福州启程北归，直接回到临安担任敕令所删定官，住在百官宅中，即使唐婉真的写了一些诗，当时他也未必能够看到。五十六岁之后，他才回到山阴，中间出去过一小段，以后再没有离开过家乡。按说，这么长时间，他不会毫无知闻的。但不知出于何种考虑，在他的诗词中却未见有所反映。剑霞女史说，正面的反映虽然不见，但反光投影还是有的。"放翁老去未忘情"，直到去世前一年还在追念唐婉，这也许可以看做是间接的证明。

我曾想过，如果陆游与唐婉能够白头偕老，那么，他们留下的闺房佳话与风流韵事，肯定会比李清照、赵明诚的更加生动感人。赵明诚有学识，但比易安居士略逊一筹，而且并不长于诗词。闲居无俚，夫妻赌赛背诵《汉书》，负者要喝茶水。结果，每次都是赵明诚撑得肚皮发胀。若是唐婉与陆游赛诗，她自然也不是对手，但可以借此使更多的诗篇产生和留传下来。

瓦西列夫在《情爱论》中指出，爱情不仅有利于提高人的精神修养，而且，通过爱的实现，能够全面促进生命力的增强，使男女双方的能量都能得到蓬勃的发展。爱的潜在的威力是巨大的，莎士比亚在一出喜剧中写道："它使眼睛增加一重明亮，恋人眼中的光芒可以使猛鹰眩目；恋人的耳朵听得到最微细的声音；恋人的感觉比戴壳蜗牛的触角还要灵敏……当爱情发言的时候，就像诸神的合唱，使整个天界陶醉于仙乐之中。"

当然,由于爱情生活美满,陆游也许会久居山阴,不入四川宣抚使王炎的军幕,从而失去筹边、进取的机会。而这,恰恰是他创作生活中一个十分重要的时期,他自己认为,正是从那里得到了"诗家三昧"。

不过,纵观陆游的整个人生观以及胸襟、抱负,恐怕不大可能长久地沉湎在温柔乡里。晚岁返回故乡,尽管大部分时间流连山水,但他仍然念念不忘沦陷的中原,念念不忘地下的唐婉,这是他晚年的两大隐痛。"尚余一恨无人会","但悲不见九州同"。正是这两个情结,为我们留下了一个感情完整、境界高远的诗翁形象。

点明文章的主旨,也是解读陆游其人其事的钥匙。

■ 春梦留痕

一

真个是"江山也要伟人扶"！儋州，古称"南荒徼外不毛之地"，只因九百年前大文豪苏东坡曾在这里谪居三年，便声闻四海，成了历代骚人迁客、显宦名流觞咏流连、抒怀寄兴的所在。现在，每天都有大量游人远出岭表，万里间关，前来亲炙这位全能文艺大师的遗泽，领略其逆境中闪射出的人格异彩。

儋州地处海南岛的西北部，宋代称为昌化军，治所在临近北部湾的中和镇。此间现存很多东坡遗迹，最著名的要算有"天南名胜"之誉的东坡书院了。当年只是一所厅堂，为坡翁讲学会友、酌酒谈吟之地，后人为了纪念他，就地建起了亭、堂、殿、馆一应俱全的书院。所存楹联特多，粗粗算了一下，不少于四十副。这在苏、杭、汴、洛的名城胜邑也是不多见的，何况是僻处天南海陬，遐方殊域。洵可谓洋洋大观矣！

书院主体建筑载酒堂系坡翁亲自命名，取《汉书·扬雄传》中"好事者载酒肴从游学"之意。建堂时日史籍失载，从东坡离儋五十年后，南宋名臣李光贬谪昌化军时曾会友赋诗于载酒堂，并有"荒园草木深"之句来看,可以推知此堂当建于东坡在儋之日;但有的学者否定这种意见,断定为始建于元代泰定年间。堂前现有载酒亭一座,为双层亭檐结构;堂庑两侧莲花池中游鱼可数,岸边有挺拔的椰树和清幽的翠竹,环境颇为隽雅。

十年前,儋州政府于书院西园雕塑了《东坡笠屐》的铜质全身塑像,再现了先生"劲气直节,豪宕不羁"的风采。村民们望着蔼然可亲的东坡雕像,深情无限地说:先生说"我本儋耳民","海南万里真吾乡",可是,一走就是八九百年,头也不回呀! 现在总算归来定居,再也不走了。他们满意于先生那副头戴竹笠、身穿布袍、脚拖木屐的田夫野老打扮,认为雕塑艺术家充分地体现了民意。

后殿里还有一座《东坡讲学》的组塑。你看他,手把书卷,正襟危坐,目光炯炯,慰诲循循,真是形神毕肖。先生在幼子苏过陪侍下,正与"贫而好学"的当地友生黎子云细论诗文,显现出文人之雅、直臣之鲠、智士之慧的综合气质。

东坡书院的一副楹联,恰当地概括了上述的场景:

图成石壁奇观,戴雨笠,披烟蓑,在当年缓步田间,只行吾素;

塑出庐山真面,偕佳儿,对良友,至今日端拱座上,弥系人思。

联语中"图成石壁奇观"云云,指的是镶嵌在载酒堂石壁上的《东坡笠屐图》。据《儋县志》记述:一

在千古诗坛上,怕只有苏轼一人如此深受民间百姓喜爱。他亲民的形象,幽默的性格,俨然一位邻家老人。

天,东坡过访黎子云,归来途中遇雨,便从路旁一农夫家借了一顶竹笠戴在头上,又按照农夫的指点,脱下了布鞋,换上一双当地的木屐。由于不太习惯,又兼泥泞路滑,走起来晃晃摇摇,趺趺撞撞。路旁的妇女、儿童看见老先生的这副装扮,纷纷围观嬉笑,篱笆里的群犬也跟着凑热闹,汪汪地吠叫不止。而东坡先生并不在意,一边走,一边自言自语地说:"人所笑也,犬所吠也,笑亦怪也。"南宋的周紫芝最先把这一生动自然、潇洒出尘的形象绘成图像,取名《东坡笠屐图》。明代的宋濂和唐伯虎也都分别以"东坡笠屐"为题材题词、作画,使之得以广泛流传,风行中外。

在中和镇,坡翁结交了许多黎族朋友,切实做到了他诗中所表述的:"华夷两樽合,醉笑一杯同",入乡随俗,完全与诸黎百姓打成一片。他常常戴上一顶黎家的藤织裹头白帽,穿上佩戴花缦衣饰的民族服装,带上那条海南种的大狗"乌嘴",打着赤脚,信步闲游;或者头戴椰子冠,手拄桃榔杖,脚蹬木屐,口嚼槟榔,背上一壶自酿的天门冬酒,一副地地道道的黎家老人形象。

走在路上,他不时地同一些文朋诗友打招呼;或者径入田间、野甸,和锄地的农夫、拦羊的牧竖嬉笑倾谈。找一棵枝分叶布的大树,就着浓荫席地而坐,天南海北地唠起来没完。他平素好开玩笑,有时难免语重伤人,在朝时,家人、师友经常提醒他出言谨慎,多加检点。现在,和这些乡间的读书人、庄稼汉在一起,尽可自由谈吐,不再设防,完全以本色示人。

有时谈着谈着,不觉日已西沉,朋友们知道他回去也没有备饭,便拉他到家里去共进晚餐,自然又要

喝上几杯老酒,结果弄得醉意朦胧,连自家的桄榔庵也找不到了。正像他在诗中所写的:

> 半醒半醉问诸黎,竹刺藤梢步步迷。
> 但寻牛矢觅归路,家在牛栏西复西。

这两首诗活脱脱地表现一个顽童小儿。

他常常踏遍田塍野径,寻访黎族友人,若是一时没有找到,就拄起拐杖,疾步趋行,闹得鸡飞狗跳,活像着疯中魔一般。这也有诗可证:

> 野径行行遇小童,黎音笑语说坡翁。
> 东行策杖寻黎老,打狗惊鸡似病风。

东坡《海外集》中收有一些与黎族人民纯情交往的诗篇。有一首诗是这样陈述的:在集市上,他遇见一位卖柴的黎族同胞,形容枯槁,精神却很饱满;平生未闻诗书,但能超越荣辱名利的牵累,具有高洁的内心世界。由于言语不通,他们只好通过手势来传输情感、沟通思想。卖柴人很喜欢这个平易近人的汉族老先生,嫌他这身儒冠儒服不太适用,便慷慨地奉赠了一块自家织出来的吉贝布料,让他做成黎家式样的服装,以御风寒。

据曾在儋州一带工作过的朱玉书先生考证,吉贝,是一种高仅数尺的植物,秋后生花吐絮,洁白似雪,纺织出来曰吉贝布。早在战国时代,黎族先民就把它作为贡品,深为当时最高统治者所赏识。

生活还很困苦的黎族同胞,能够把这样珍贵的物品慨然相赠,说明他们对诗人饱含着敬慕与爱戴

第一单元 千秋叩问

的深情;而具有易感的心灵、长期遭受倾陷迫害的老诗人,则把普通民众这种暖人肺腑的真情,同封建时代官场上的尔虞我诈,互相倾轧,甚至凭空构陷,落井下石的龌龊恶行加以比较,感到确实悬同霄壤,天差地别。他通过现实生活中的实际体验,悟出了人生真谛:"情义之厚,有加以平日。以此知,道德高风,果在世外。"

东坡先生于北宋绍圣四年(1097)七月抵达中和镇,开始其谪居生活,到元符三年(1100)六月奉命渡海北归,在这里只住了三年。但他留给当地黎、汉两族人民的美好印象,却如刀刻斧削一般,千古不磨,久而弥深。人们缅怀先生的遗泽,传颂着许许多多生动感人的逸闻佳话。

为了纪念他,此间不仅有东坡村、东坡田、东坡路、东坡桥、东坡小学、东坡公园,甚至还把当地说的一种官话称为"东坡话",戴的斗笠叫做"东坡笠",吃的蚕豆名为"东坡豆"。村里有一口"东坡井",父老们口耳相传:先生当日舍舟登陆后,发现村民饮用的竟是潦洼积水,污浊不堪,以致经常患病,便带领群众踏勘地脉,就地挖井汲泉。数百年来,井泉源源不竭,水质甘甜,群众饮用至今。20世纪60年代初,郭沫若同志前来视察,还曾舀上一勺,亲口尝过。

无独有偶,镇西15公里处,紧靠海边的地方,也有一口古井,名为"白马井"。传说东汉初年,伏波将军马援南征交趾归来,三军在此登岸,正值盛夏炎阳似火,一个个口渴难挨,将军的坐骑白马,掠地长嘶,"踏沙得泉",解除了将士干渴之苦。为了纪念这位伏波将军,感戴这番神奇的恩赐,后人便在泉眼上面筑围成井,并在井上盖起一座伏波庙,世世代代,香火不绝。

耐人寻味的是,同是掘井得泉,伏波将军的行迹却被后人神化,千秋筑庙奉祀,凌驾于万民之上,人们自然敬而远之;而诗翁东坡则截然相反,他置身于群众之中,力求做一个货真价实的"黎母之民",老百姓便也接纳了他,把他看成是自家人。

九百年间,世事纷纭,沧桑变易,外边世界走马灯般地变幻无常,"乱哄哄你方唱罢我登场","大江东去,浪淘尽,千古风流人物";而坡翁以风烛残年的一介流人,却能世世代代活在黎、汉两族人民的心里,未随时间的洪流荡然泯灭。这一方面说明了公道自在人心,历史是公正无私的;另一方面,也反映出他的感人至深的人格魅力和精神力量。

二

东坡先生入儋之初,尽管朝廷有"不得签书公事"的旨令,但毕竟还挂有一个"琼州别驾"的虚衔,因此,州府官员依例把他安置在城南的州衙里暂住。从诗人吟咏的:"如今破茅屋,一夕或三迁;风雨睡不知,黄叶落枕前"看得出,州衙的房舍原是十分破漏的。经过一番修葺,总算可以安居了。不料,后为下来巡访的官员所察知,当即被从官舍逐出。先生只好在城南污池旁边的桄榔林中买下一块地方,在邻里和友生的热情帮助下,"运甓畚土","结茅数椽"。先生名之为"桄榔庵",并兴致勃勃地吟咏:

朝阳入北林，竹树散疏影。

短篱寻丈间，寄我无穷境。

房舍当然是很鄙陋的；而且，周围环境也十分恶劣：
"海氛瘴雾，吞吐吸呼。蝮蛇魑魅，出怒入娱。"但是，
到了清代画手的笔下，《桄榔庵图》的景观，却是：一
带连山之下，林木掩映中，现出一座由高大院墙环绕
着的三进砖石结构的典丽厅堂。其间显然带有文人
想象的"诗化"成分。并不符合当时当地的艰窘
实况。

现在，桄榔庵已经片瓦无存了，遗址周围还有一
些耸天直立、羽状复叶丛生于茎端的桄榔树，临风摇
曳，楚楚生姿，令人蓦然兴起思古怀人之情，仿佛依
稀可见先生当日林间负手行吟的情态。而村民们尽
管明明知道，这些林木都是后来长起的，并非东坡先
生手植；但是，因为它们长在先生住过的庵舍四旁，
便也爱屋及乌，像《诗经·甘棠》篇讲述的：棠梨茂
密又高大，不要剪它别砍它，——召伯曾住这树下。
在这里，村民们同样以悉心爱树的深情，寄托着对坡
翁的思念。

旧志载，东坡旧宅桄榔庵中曾有一副对联：

烟景迷离，无搅梦钟声，尽许先生美睡；
风流跌荡，有恋头笠影，且招多士酣游。

下联讲的是实情，上联却未必尽然。因为东坡先生
毕竟是放逐荒徼的待罪谪臣，朝中那些居心险恶的
政敌，是不会任他那样"优哉游哉，聊以卒岁"的。

段鉴在兹，前车不远。东坡谪居惠州期间，相依为命的爱妾朝云，由于不服当地水土，染病故去，诗人衰年丧侣，晚境凄凉。一天，万分孤寂、佗傺无聊之中，写下了一首题为《纵笔》的七绝：

> 白头萧散满霜风，小阁藤床寄病容。
> 报道先生春睡美，道人轻打五更钟。

哪里料到，这样一首抒怀小诗竟惹出一场新的祸端。宰相章惇以为东坡贬谪之后处境安稳，便奸笑着说："苏子瞻尚尔快活！"于是，又矫诏把他再贬为琼州别驾，昌化军（儋州）安置。此时的心态，坡翁自己讲得很清楚："怛然悸寤心不舒，起坐有如挂钩鱼。"在惊魂惴惴之中，纵然"无搅梦钟声"，也还是"心似惊蚕未易眠"。所谓"尽许先生美睡"，不过是人们的一种善良愿望而已。

这一年，诗人已经六十二岁了，以其羸弱多病之身，不要说发配到这素有"鬼门关"之称的"风涛瘴疠"、"非人所居"的南荒徼外，即使是再在惠州住上三年两载，恐怕也得"子孙舁骸骨以还"了。实际上，执政诸人就是蓄意让他葬身海外，否则，怎么会做这样的安排呢？这一点，先生本人也是了然于心的。因此，出发前，即已做好了不能生还的准备，两个儿子陪送他很长一段路程，到广州后与长子苏迈诀别，然后带上幼子苏过，乘船溯西江而上，在滕州与弟弟子由相遇。因为知道这次是生离死别，分手前夕，兄弟二人及家人在船上愁坐了一整夜，自有苦不堪言的痛楚。

朝云是苏轼在杭州所买的侍妾，乃苏轼红颜知己，朝云在苏轼贬居期间陪伴左右，情深意长，笑云先生"一肚皮不合时宜"。

见面时即已知日后不会再相见，生离与死别都是活生生地摆放在眼前，对一个孤独的年迈老人来说，内心的悲苦自是不堪言表。

41

他给友人王敏仲写了这样的告别信:"我于衰迈之年,投置蛮荒之地,根本没有生还的希望了。因此,已经和长子江边诀别,处置好一切后事。到了海南之后,我首先要预备下棺材,然后再挖下墓圹,留下手疏给儿子,告诉他们:我死后就葬身海外,不必扶枢内迁。这也是东坡的固有家风啊!"到了贬谪地,照例给朝廷写了一道谢表,里面也有"并鬼门而东骛,浮瘴海以南迁。生无还期,死有余责"的话。

到了儋州,面对的果然是极端困苦的生活:"食无肉,病无药,居无室,出无友,冬无炭,夏无寒泉",而且毒雾弥漫,瘴疠交攻。东坡曾记下过这样一段文字:"岭南天气卑湿,地气蒸溽,而海南为甚。夏秋之交,物无不腐坏者。人非金石,其何能久?"另一位贬儋诗友对此做了更贴切的概括:"万里来偿债,三年入瘴乡。"这是面临的外部环境。

而他的内心,尤其苦闷至极。坡翁乃深于情者,一向笃于夫妇之爱。昔日贬谪黄州,有长期相伴、苦难同当的妻子王闰之偕行,"身耕妻蚕,聊以卒岁",尚可时时获得感情上的抚慰;后来到了惠州,虽然妻子已死,但仍有"如夫人"朝云这个红颜知己,生死相依,体贴备至,成为暮年遭贬时的生命支柱。可是,赴儋之日,却是形单影只,茕茕孑立,自然无限感伤,倍觉孤独。这对一个枯木朽株般的垂暮老人来说,无异于"孤树加双斧"。等待他的,难道还会有其他出路吗?

可是,结果竟大大出人意料。坡翁在这里不仅逐渐安居下来,长达三年之久,最后得以生还;而且,还对这蛮荒艰苦的地方产生了深厚的感情。直到北归后,还朗吟:"九死南荒吾不恨,兹游奇绝冠平生。"回到内地以后,当友人问及海南情况时,先生颇带感情地回答:"风土极善,人情不恶。"

之所以如此,——著名学者徐中玉先生在《苏东坡在海南》一书的序言中深刻地指出,——就是因为诗人自己觉得已有了个"今我"。这种历经艰苦、世变之后的憬悟,是他所觉察到的与"故我"不同的对生命价值、人生意义的新认识的表现。这也正是坡翁在逆境中安时处顺、取得精神解脱的症结所在。

入儋伊始,他还深陷于"垂老投荒,无复生还之望"的感伤中,他说,我刚刚来到海岛时,环顾四围,水天无际,当时心情非常苦闷,想的是:我可什么时候能够走出此岛呢?但是,过了一阵子又觉得,天地本身就围在水中,九州圈在茫茫的大瀛海里,中国就在少海里。从这个意义上,可以说,所有的生命无一不在海岛之中。认识到这一层,也就跳出了蚂蚁般的身小视短的狭隘视界,获得了一种超越意识,最后得出"俯仰间有方轨八达之路"的积极结论。"此心安处是吾乡"。境况的顺逆,于他已不具备实质性的差异了。

除了这种"憬然自悟",坡翁在儋州还曾得到过高人的指教,从中意外地获得一场活生生的人生顿悟。

据《侯鲭录》、《儋县志》等记载,北宋元符二年(1099)三月的一天,东坡负着大瓢,口中吟唱着《哨遍》词,漫游田间,遇到一位家住城东、正往田头送饭的七十多岁的老妪,两人就地闲唠起来。东坡问道:"老人家,你看于今世事怎么样啊?"老妪不假思索地

回答说:"世事不过像一场春梦罢了。"东坡又问:"怎见得是这样呢?"老媪直截了当地讲:"先生当年身在朝廷,官至翰林学士,也可以说是历尽了荣华富贵;今天回过头看,不就像一场春梦吗?"东坡听了,点头称"是",若有所悟,于是,自言自语道:"这就是'春梦婆'呀!"

儋州自汉代设置郡县以来,历朝都有流人谪徙,可以考知姓氏的第一位流人乃是隋代的宗室杨纶。他先被流徙广西,后来逃往儋州避难。至于唐代、五代十国和宋初,贬谪儋州的达官仕宦,更是接踵而至。"谁知把锄人,昔日东陵侯!"据我猜测,这个"春梦婆"当是某一显贵流人的亲属或者后代。否则,不会对于世事沧桑有如此深邃的感悟。不管是怎样情况下出现的,反正对于东坡先生来说,不啻醍醐灌顶,以致当头棒喝。

在同普通民众融洽无间的接触中,东坡的悟世思想不仅未被消解,反而益发强化起来。与黎族人民结下的深情厚谊,那种完全脱开功利目的的纯情交往,使他在思想感情上发生了深刻变化,获得了精神上的鼓舞、心灵上的慰藉,以及战胜生活困苦、摆脱精神压力的生命源泉;挣脱了世俗的桎梏,实现了随遇而安、无往而不自如的超越境界。

如同一切伟大的诗人、作家一样,苏东坡的思想也是异常丰富、复杂的。早在出仕之前,他即已熔铸儒、释、道三家的思想精华于一身,初步构成了他那复杂而独特的思想体系。在尔后的起伏颠折中,有时候,儒家的弘扬内在精神,实现自我,积极用世,在他的思想中占上风;有时候,道家的绝对自由,超越时空的淡泊无为，又在心灵中居于主宰地位。屡遭贬谪之后，他曾盛赞《庄子》实获吾心，把庄子思想当作自己的既存见解，从而进一步消解了仕途经济的理想抱负。

"下视官爵如泥淤，嗟我何为久踟蹰"。在对腐败的官场、世俗的荣华以及尔虞我诈的人事纠葛表示厌恶、轻蔑与怀疑的同时，表现出一种豪纵放逸、浑朴天真、雍容旷达的精神境界，对生命价值的认识有了新的觉醒。正如朱靖华教授指出的，东坡在生存的诸多灾难中，找寻到被失落的个体生命的价值，超越了时空的限制，获得了最大的精神自由，从而能够站在比同时代人更高的层次上俯瞰社会人生，获得一种自我完善感和灵魂归属感。

说到东坡的思想变化，我想起了他晚年的一首七绝。渡海北归之后，坡翁在当涂遇到了诗人郭功甫，想起几年前贬谪惠州时这位老朋友曾经有诗相赠，当时未及作答，这次，他欣然命笔，依韵作和。诗共两首，其一云：

早知臭腐即神奇，海北天南总是归。
九万里风安税驾，云鹏今悔不卑飞。

首句隐括了当时善恶颠倒、是非混淆的腐败朝纲；次句是对友人赠诗中"今在穷荒岂易归"的回答，显现出一种百折不挠的豪迈感；第三句是说，他这只"抟扶摇而上者九万里"的大鹏，想要凭借风力安然降落，为最后一句张本；第四句是全诗主旨，说他悔于从前高翔远骞，以致活得太累太苦，决心要"收敛平

生心"，追求"我适物自闲"、"乐事满余龄"的精神境界，在澹泊宁静中，过上一种平平常常、自然本色的日子。

写这首诗的时候，诗人并没有料到，三个月后他就一病不起，撒手尘寰了。这种并非奢求的享受一番平常生活的渴望，终于未得实现。

三

东坡书院中有这样一副对联：

> 北宋负孤忠，春梦一场，忘却翰林真富贵；
> 南荒留雅化，清风百世，辟开瘴海大文章。

寥寥三十二字，对于坡翁在超越自我、战胜逆境的同时，以其"清风雅化"，为开启海南文明作出的巨大贡献，作了有力的概括。

坡翁在多年放谪生活中，逐步实现了价值观念的两个转换，或者说是疏通了两条心灵的渠道。

他在孔门圣教熏陶下，自幼即"奋励有当世志"，立定了修身、齐家、治国、平天下的宏图伟愿和"尊主泽民"的理想抱负。针对国库空虚、官冗兵弱等弊政，写过大量策论，想要通过改革，"涤荡振刷，而卓然有所立"。但是，现实并不赋予他这种机会，"戴盆难以望天"，刀斧之余，一贬再贬，仕进之途已经重重阻塞。作为乐天知命的达人，他欣赏陶渊明"纵浪大化中，不喜亦不惧"的委任自然的人生态度，适时地疏通了情感的渠道，把心智转向自然，寄兴山水，放

儒道两种价值观的转换，一者文质彬彬，身体力行；一者弃文就朴，羽化登仙。

沧桑无语

情吟咏,找到了一个与污浊、鄙俗、荒诞的现实世界迥然不同的诗意世界,痛苦的灵魂得到了艺术的慰藉。

他刚一踏上海岛,就被这里的奇异风光吸引住了。海南山间的急雨奔雷,开阔了他的胸襟,触发了他的诗兴:"急雨岂无意,催诗走群龙;梦云忽变色,笑电亦改容。"他热情地赞美岛上特有的飓风来临时的奇丽景色:"垂天雌霓云端下,快意雄风海上来。"这同诗翁的豪纵不羁的情怀恰相映照。难怪弟弟子由读后,激赏其"不见老人衰惫之气"。

天空海阔的浩瀚气势,使他冷静地思考人生,达观地对待人生,既引发出宇宙无穷而生命有尽的感慨,又产生了将有限生命统一于无穷宇宙的顿悟。南国的生机盎然的迷人春色更令他怡然心醉,升华了他的乐观情趣和诗性人生。这也有词为证:

> 春牛春杖,无限春光来海上。便丐春工,染得桃花似肉红。春幡春胜,一阵春风吹酒醒。不似天涯,卷起杨花似雪花。

在这方面,坡翁与晚年的谪仙李白有些相似。李白流寓皖南,通过同下层民众的广泛接触和沉酣于壮美无俦的自然山水之中,在一定程度上,缓解了长才未展、壮志难酬的苦闷,平复了由仕途险恶所造成的心灵损伤,激发了澎湃的诗情,五六年间写诗130多首。东坡居儋三年,共写诗174首,各体文章156篇。

两人晚期的诗文,作为解脱苦闷、宣泄情感、释

苏轼的"陶渊明情结"。苏轼将自身旷达超脱的精神气质,"穷达之间"亦"绰然有余裕"的社会文化观注入陶诗清新自然、冲淡平和的外壳之中,形成了特有的直面命运和"应物"的处穷哲理。苏轼使自己沉浸于陶诗的平静恬然中排遣情景,自我镇定,达到情感的内在超越和净化。

放潜能、实现自我的一条根本途径,作用是一致的。但是,其间也有明显的差异:除了时代的烙痕,比如唐诗重性情,以形象、韵味见长,而宋诗重说理,以议论、理趣取胜,李、苏两家自不例外;单就风格来讲,虽然同是豪纵奔放,挥洒自如,都具备广阔的襟怀、悠远的境界、空前的张力,但太白一些诗作,愤激、清狂,反映出内心的苦痛与压抑之沉重,相形之下,东坡为诗则显得从容、逸宕一些,而且时杂风趣。他说:"吾侪老矣,不宜久郁。"可见,内心同样也有深重的忧伤,只不过善于消解罢了。

坡翁另一方面的转换,是他立足于贬谪的现实,把实现"淑世惠民"理想的舞台,由"庙堂之高"转移到"江湖之远",从关心民瘼、敷扬文教、化育人才的实践中拓开实现自我、积极用世的渠道。

他劝说黎胞开垦荒地,多植稻谷;推广中原先进耕作方法,移植优良品种。针对当地以巫为医、杀牛祭鬼的陋习,大力向村民宣传卫生知识,介绍医方药物。同时,抱着对黎胞的深厚感情,劝学施教。坡翁有一首《迁居之夕,闻邻舍儿诵书,欣然而作》的诗,对于南荒徼外的儿童奋勉向学,诗人由衷地感到喜悦和欣慰。

> 幽居乱蛙黾,生理半人禽。
> 跫然已可喜,况闻弦诵音。
> 儿声自圆美,谁家两青衿?

前来负笈就学的,不仅有本地的贫寒士子,如黎子云、符林、王霄等;有些远在千里、百里之外的友生,也纷纷上门听讲，形成了浓厚的文化氛围。一时"书声琅琅，弦歌四起"，"学者彬彬，不殊闽浙"。

自唐代开科取士以来，四五百年间，儋州未曾有一人登第。对此，坡翁深以为念。遇赦北归时，将自己所用的一方端砚送给了弟子姜唐佐，并题句曰："沧海何曾断地脉，白袍端合破天荒。"意思是，海南与中原地区虽为沧海隔开，但地脉未曾断裂，文脉也应该是相连的。读书士子要发愤图强，勇破天荒，改变当地文坛落寞的现状。诗句中对于海岛人才的成长，寄寓了殷切的期待。坡翁的这一厚望并没有落空，离儋不久，这里便陆续有一些人擢第登科，并出现了海南历史上第一个进士。《琼台记事录》载："宋苏文忠公之谪居儋耳，讲学明道，教化日兴，琼州人文之盛，实自公启之。"

东坡先生无分境况的穷通，一贯关心民生疾苦，热心为百姓兴利除弊，是发自内心的生命本色的体现，表现了封建时代一个开明的士大夫的优秀品格。如果说，过去在太守任上，这样做是出自"为官一任，造福一方"的使命感，还带有某种"恩赐"因素和"临民"姿态；那么，现在身在海南，则完全与黎民百姓融为一体，换黎装，说黎语，甘愿"化为黎母民"，既不是居高临下，也不做生活的旁观者，而是像他自己所说的："我本儋耳民，流落西蜀间"，索性以本地群众一员的身份出现。

说到诗翁谪居海南期间教民化俗的泱泱德政，人们自然会想到东坡书院的另一副联语：

公来三载居儋，辟开海外文明，从此秋鸿留有爪

以"春梦留痕"的笔法，虚实相生的散文技法，凭借自我的诗性领悟复现了一个早已逝去但又鲜活存在的文化巨匠。揭示他由"临民""恩赐"的心态转变为与民一体的心灵轨迹。

49

　　这里隐括了东坡的两首诗。在《和子由渑池怀旧》中,提到了:"人生到处知何似? 应似飞鸿踏雪泥:泥上偶然留指爪,鸿飞那复计东西。"联语中"春梦"云云,两典并用:一是上引的"春梦婆"谈及的"昔日翰林富贵一场春梦耳";二是东坡谪居黄州时曾写过一首七律,内有"人似秋鸿来有信,事如春梦了无痕"之句。这里用"秋鸿有爪"、"春梦留痕"来状写东坡先生在儋三年的名山事业、道德文章,极为贴切。

　　纵观两宋以还的千年史迹,在久居边徼的流人中,就其化育多士、敷扬文教的善行来说,真正能够和坡翁比并的人,原不是很多的。有明一代,远谪云南的杨升庵算是一个。据《蒙化府志》记载:当地士人,无论认识与否,都载酒从升庵先生游。一时,就学问道者塞满山麓,肩摩踵接。从杨升庵诗文著述之繁富在明代当推第一看,也与东坡相似。

　　但是,杨升庵在传道、授业,著书立说之外,还纵情声色,流连歌妓,放浪形骸,有时竟达到颓废的程度。明人王世贞《艺苑卮言》中说:升庵贬谪滇中,有东山携妓之癖。当地一些部落的首领,为了得到他的诗文翰墨,常常遣使一些歌妓身裹白绫,当筵侑酒,就便乞书,杨欣然命笔,醉墨淋漓裙袖。升庵在泸州,醉中以胡粉扑面,作双丫髻插花,由门生抬着,诸妓捧觞侍侧,游行城中,了无愧怍。这简直就是胡闹了,坡翁绝不为此。

　　当然,杨升庵这样佯狂放诞,有愤世嫉俗、玩世不恭的一面,是对终身流放这种过苛处罚的消极反抗；也是全身远祸、养晦韬光的一种方式。因为嘉靖皇帝对于杨氏父子在"议大礼"中的表现，尤其对升庵挑动群臣哭谏闹事一举，一直切齿怀恨，时时欲置之于死地。从这一点看，升庵的"故自贬损，以污其迹"，实在也有不得已的苦衷。可是，坡翁就不理会这种韬晦的策略，否则，他也许不去浪吟那"报道先生春睡美，道人轻打五更钟"了。

一提起这件事来，我又不禁想起那个专和东坡作对的奸相章惇。算是皇天有眼，这个太平宰相居然也成了谪臣，偏偏贬逐在离海南很近的雷州（海康），而且，东坡就在遇赦北归途中听到了这个消息。当时坡翁的心境如何，是快心惬意呢，还是报之以轻蔑的沉默？都有可能，却都不是。他实在是一位宽厚长者，听到这个讯儿，即写信给章惇的女婿黄实，备极恤慰，及于家人。信中说："子厚（章惇字）得雷，为之惊叹弥日。海康地虽远，无甚瘴。舍弟（指子由）居之一年，甚安稳。望以此开辟太夫人也。"

整人人整，磨墨墨磨，章惇作法自毙，原属罪有应得。《宋史》把他列入"奸臣"一流，千秋万世钉在耻辱柱上，更是天公地道。据章惇本传记载，子由贬谪雷州，不许居住官舍，便花钱租赁民房。章惇闻知后，即以"强夺民居"罪名，下令追究处治。因为租券上分明记载着已经偿付了租金，只好作罢。这次，章惇谪居雷州，又到这家来"问舍"求住，户主说："算了吧，前次苏公来住，因为那个章丞相找茬儿，我们几乎倾家破产。再也不往外租了。"天地间，竟有这样的巧合，真令人击掌叫绝。可惜我不会饮酒，不然，一定要拍案浮一大白。

恶有恶报，也算大快人心，作者亦性情中人。

■ 叩问沧桑

一

洛阳为"天下之中",这句话出自古代的大政治家周公之口。我们华夏之邦号称"中国",据说就是从这里引申出来的。

今天,站在这块厚实、沉重的土地上,是怀着一种怎样的心情呢?傲睨自大,谈不到;无动于衷,也不是。大概于眉间睫下,总流露着几分惊叹,几许苍凉吧?从距今近四千年的夏王朝开始,到五代时的后梁、后唐、后晋为止,先后有十三个王朝在这里建都。在中国七大古都中,洛阳是最先形成城市并贵为国都的,而且建都历时最久,至少在一千一百年以上。华夏的先民在以邙山和洛河为依托的东西近四十公里的范围内,为中国以至整个世界留下了一笔丰厚的文化遗产,其历史遗迹、人文景观之盛,实为世所罕见。

历史上有"五都贯洛"之说,"五都"指的是夏都、商都、周代王城、汉魏洛阳故城和隋唐东都城,它们东西相连,错落有致,在形制、布局及宫殿的配置上,体现出较强的连续性。从这里不仅能够看到洛阳城市发展的一条鲜明的脉络,而且,透过

有历史的现场感。深沉的心灵与大自然、历史文化亲切对话,体现作者设法走出有限的感悟,有"天人合一"的欣慰。

历代都城的沧桑变化，也可以从中略览中国古代文明史的缩影。所以，北宋大政治家、著名史学家司马光有诗云："若问古今兴废事，请君只看洛阳城。"

当然，由于岁月湮沉，兵燹摧毁，这里已经不见了巍峨的宫阙、高耸的城墙，不见了金碧交辉的画楼绣阁、古刹梵宫，不见了旧日的千般绮丽、万种繁华。就地面上的遗存而言，实在无法与欧洲的"永恒之城"罗马相比。那座"永恒之城"称得上是一座露天的古代建筑博物馆，孤零零的白色大理石圆柱，长满青苔的喷泉底座，四壁萧然的庙宇残墙，倒塌了一角的庞然高耸的圆形竞技场，还有几座基本完好的凯旋门，这些千余年前的旧物，在无言而雄辩地向过往行人宣示着人类在建筑艺术方面已经达到的高超水准，展现着古罗马往日的壮丽与辉煌。

东西方这两座名都的古代建筑，在地面遗存上竟有如此鲜明的反差，探究起来也是很有趣的。我想，可能取决于下列几个因素：

从环境思想、建筑观念上看，中国自始即接受"新陈代谢"的哲理，以自然生灭为定律，对于原物的存废、久暂考虑得并不多，不像古代埃及、罗马那样刻意追求所谓永久不灭的工程。观念影响实践，当古罗马以至世界多数地区逐渐地以石料取代原始木构，建筑进入"岩石文化"之时，而中国却始终保持着以木材、砖瓦为主要建筑材料的习惯，古都洛阳的建筑自然也不例外。

从地理位置、地形条件上看，洛阳四周凭险可

行文儒雅，语言工整。

第一单元　千秋叩问

53

守，有"居中御外"之便，自古战乱连绵，为兵家必争之地，而罗马的地理形势与此不同；又兼罗马素有"七丘城"之称，古建筑大都在高丘之上，不像洛阳那样"背邙面洛"，地势坦平，以致<u>熏天烈炬，四野灰飞；掠地浊流，千村泥塞</u>，许许多多的文物都毁于兵燹、水火。

当然，这并不影响人们到这里来临风怀古，叩问沧桑。历史的生命力总是潜在的或暗伏的。作为一种废墟文化，只要它有足够的历史积淀，无论其遗迹留存多少，同样可以显现其独特的迷人魅力，唤起人们深沉的兴废之感，吸引人们循着荒台野径、败瓦颓垣，去凭吊昔日的辉煌。

废墟是岁月的年轮留下的轨迹，是历史的读本，是成功后的泯灭，是掩埋着千般悲剧、百代沧桑的文化积存。由于古代中国的史籍提供了足够的甚至是过量的信息，即使面对残墟野圹的"旧时月色"，熟悉古代文化传统的作家、诗人，也能以一缕心丝穿透千百年的时光，使已逝的风烟在眼前重现旧日的华彩。

对于专门从事废墟研究的学者，罗马古都当然是必看无疑了，但我以为，拥有五千年文明史的中华古国可能会给他们提供更丰富的内涵；而若到中国来，首先应该在洛阳住上一些时日，感受几许壮美后面的沉痛与苍凉。对于诗人来说，尤其是如此。诗人往往比史家更关注现实与古昔撞击之后所产生的人生体悟，更加强调创作主体自我情绪的介入，也更看重历史选择、历史创造后面所闪现的人民生命活动的一次又一次的升华。

二

现在,我正站在汉魏故城遗址之上。城址在今洛阳市东北十五公里处,北依邙山,南临洛河,东至寺里碑,西抵白马寺,地势高亢平旷,规模宏阔壮观。东汉、曹魏、西晋、北魏四朝先后以此为皇城,长达三百三十年之久。

汉光武帝刘秀定都洛阳之后,在周代成周城的基础上,开发扩建起一座规模宏大的都城,广建宫殿、苑囿,台、观、馆、阁。在这里,"天子之庙"明堂,"天子之学"辟雍,观测天象、祭祀天地的灵台,以及相当于今天国立大学的太学,一应俱全。

当时,城内有纵横二十四条大街,长衢夹巷,四通八达。帝族王侯,外戚公主,争修园宅,竞夸豪丽。崇门丰室,洞户连房,飞阁生风,重楼起雾,极尽奢华之能事。可是,经过汉末董卓人为性的破坏,顷刻间宫殿便全部化为灰烬,"二百里内无复孑遗";西晋的"八王之乱",进一步造成了"河洛丘墟,函夏萧条"。

北魏孝文帝定都洛阳后,再次大兴土木,城东西扩至二十里、南北十五里,规模空前。仅寺院就有一千三百六十七所,皇宫西侧永宁寺,九层佛塔加上顶端相轮,高达百丈;僧房多达一千间。永明寺内住有"百国沙门"三千余人,城中外国商旅万有余家。整个洛阳城已成为盛况空前的国际性大都会。后经尔朱荣之乱,造成洛阳城郭崩毁,宫室倾覆。隋、唐两代对东都城都曾相继加以恢复,但"安史之乱"又使洛阳再一次惨遭洗劫,宫室焚烧,十不存一。

有历史的现场感。

今日登高俯瞰，但见残垣逶迤，旧迹密布，除南面已被洛河冲毁外，其余三面轮廓均依稀可辨。残垣共有十四处缺口，标示着当时"楼皆两重，朱阙双立"的城门所在。城址四周矗立着一排排直干耸天的白杨林，里面围起来一方广袤的田野，翻腾着滚滚滔滔的麦浪。"白杨多悲风"，更加重了废墟的苍凉意蕴，使游人看了频兴世事沧桑之感。

中外对比中深化文章的内涵。

说到世事沧桑，我蓦然联想起意大利的另外一座古城的命运。就在我国东汉王朝的洛阳城兴建起来之后，靠近那不勒斯海湾，离维苏威火山不足两公里的庞贝古城，突然被亿万吨的火山灰埋没了，其时为公元 79 年一个初秋的正午。

从此，这座古城便从地面上消失，终古苍凉，杳无声息，多少代的人们把它遗忘得一干二净。直到一千多年之后，历史学家才从古书中发现这样一座已经不复存在的城市，但却说不清楚它的具体位置。公元 1748 年，当地农民在挖掘葡萄园时，偶然发现一些碑碣、石像，这才提供了一些线索。又经过二百多年的陆续发掘，到了 20 世纪 60 年代，才使庞贝古城重见天日。相形之下，中国一些古都的命运要好一些。

当年，殷商的遗民箕子朝周，路过安阳殷墟，见旧日的宫殿倾圮无遗，遍生禾黍，哀伤不已，因作《麦秀》之歌。西周灭亡之后，周大夫行役至于镐京的宗周旧邑，满眼所见也都是茂密的庄稼，不禁触景伤怀，遂吟《黍离》之诗。这两首诗歌便成为后世有名的抚今追昔、凭吊兴亡、抒发爱国情怀的佳什。

同《黍离》、《麦秀》那孑遗的悲歌相对应，在洛都还流传着一个关于"铜驼荆棘"的预言的警语。晋惠帝时,以草书闻名于世的索靖,具有逸群之才和先识远见,他觉察到天下就要大乱,于是,指着宫门外两个相向而立的铜铸的骆驼,喟然叹道:人们将会看到你们卧在荆棘中啊!不久,洛阳宫苑即毁于"八王之乱"。"不信铜驼荆棘里,百年前是五侯家"。元人宋无这两句诗,说的正是这种变化。

看来,世事沧桑毕竟是人间正道。所以,东坡先生慨叹:物之盛衰成毁,相寻于无穷,昔者荒草野田,狐兔窜伏之所,一变而为台囿,而数世之后,台囿又可能变成禾黍、荆棘,废瓦颓垣。"夫台犹不足恃以长久,而况于人事之得丧,忽往而忽来者欤"!

至于洛阳园囿之兴废,尤其寓有特殊的意蕴。宋代学者、李清照的父亲李格非有一句名言:"天下之治乱候于洛阳之盛衰而知,洛阳之盛衰候于园囿之兴废而得。"就洛阳当时在中国的形势、地位来看,这种论说是有一定的根据的。

三

魏晋时期有一种特别显眼而且层见叠出的政治现象,就是异姓禅代,美其名曰"上袭尧舜",实际是曲线谋国。

公元 219 年(汉建安二十四年),孙权被曹操打败,上表称臣,并奉劝曹操称帝。篡汉自立,位登九五,这是曹操梦寐以求的事。孙权的劝进,在他来说,自是求之不得的。事实上,汉朝早已名存实亡,曹操手握一切权力,献帝不过是任其随意摆布的玩

偶。只是慑于舆论的压力,曹操始终未敢贸然行事,不得不把皇袍当作内衣穿了二十多年。

当下,他就找来老谋深算的司马懿试探一番,说:孙权这小子劝我称帝,这简直是想让我蹲在火炉上受烤啊!司马懿心里是透彻明白的,立即迎合说,这是天命所归,天随人愿。但是,没有等到称帝,曹操就一命呜呼了,大业要靠他的儿子完成。曹丕继位之后,经过一番"假戏真做"的三推四让,便于公元220年登上了受禅台。

此后,司马氏祖孙三代,处心积虑,惨淡经营,心里想的、眼睛看的、天天盼的,仍然还是皇位。终于在公元266年,司马炎完全按照"汉魏故事"进行禅代,从魏元帝曹奂手中夺得了皇权,是为晋武帝。一百五十五年以后,宋主刘裕依样画葫芦,接受了东晋恭帝的"禅让",即皇帝位。一切处置"皆仿晋初故事"。恭帝被废为零陵王,第二年就被刘裕杀掉了。

从公元220年曹魏代汉到公元420年刘宋代晋,二百年"风水轮流转",历史老人在原地划了一个魔圈。三次朝代递嬗,名曰"禅让",实际上,每一次都是地地道道的宫廷政变,而且伴随着残酷、激烈的流血斗争。

晋承魏统,实现了九十年分裂混战之后的重新统一。但是,由于西晋统治集团的骄奢淫逸,腐朽残暴,导致这个王朝仅仅维持了五十二年。特别是标志着统治集团矛盾全面爆发,骨肉相残成为历史之最的"八王之乱",持续时间之长,杀人之多,手段之残忍,对生产力破坏之严重,在中外都是罕见的。

司马炎在位二十五年,死后由"白痴太子"司马衷继位,是为惠帝。他只是"聋子的耳朵——配搭",实权掌握在骄横跋扈的外祖父杨骏手中。而野心勃勃、阴险凶悍的皇后贾南风和其他几个皇室成员,也要争夺最高权力。从此,西晋王朝统治集团内部你死我活的夺权斗争,就拉开了大幕。

贾皇后联络了几个忌恨杨骏的藩王和大臣,通过制造杨骏谋反篡位的舆论,逼令惠帝颁下讨伐诏书,一举捕杀了杨骏及其亲属、死党,诛灭三族达几千人。尔后,召令汝南王司马亮入京,与开国元老卫瓘共同辅政,借以掩饰后党掌权的真相。不料,司马亮专横跋扈,不给贾皇后一班人留下权力空隙,于是,皇后再次逼迫惠帝颁诏,命令楚王司马玮杀掉司马亮,同时,趁机除掉了重臣卫瓘。为了防止重新出现藩王专权的局面,贾皇后又以"专杀"的罪名处死了剽悍嗜杀的司马玮。就这样,卸磨杀驴,获兔烹狗,贾皇后一个个地铲除了元老、强藩,达到了独揽朝纲的目的。

当时面临的最大课题,是由谁来继位接班。贾皇后骄横妒悍,却没有武则天那样的才气与胆识,她不敢设想自身临朝问政,但又绝不甘心由已定的东宫太子继承皇位。经过一番周密策划,终于把太子椎杀了。这在当时,是冒天下之大不韪的,只好声称是太子自裁,于是,扮演了一场"猫哭老鼠"的闹剧,哀恸逾常,并以王礼下葬。

但是,纸里终究包不住火,"机关算尽太聪明,反误了卿卿性命"。贾后谋杀太子的阴谋败露后,赵王司马伦联合宗室的齐王、梁王,大动干戈,入京问罪,当即捉住贾后,逼着她喝下一杯金屑酒。临死前,贾

后恨恨地叹着气,说:拴狗要拴狗脖子,我却只拴了狗尾巴;杀狗要杀老恶狗,我却只杀了几只狗崽子。老娘今天死了,算是活该!

司马伦野心勃勃,凶残毒狠,一面大开杀戒,乘机把所有的冤家对头一一送上刑场,一面将他的几个儿子全部封为王侯,自己出任相国,接着,就从惠帝手中夺取了御玺,称帝自立。尔后,又下了一场铺天盖地的"官雨",不仅遍封了徒党,而且,连拥戴他的奴隶、士卒也都赏赐爵号,一时受封者达数千人。这又引发了齐王、成都王、河间王联合起兵讨伐,战火燃遍了黄河南北。司马伦兵败被杀,惠帝重登皇位。

这次祸乱,持续了六十多天,死亡达十万人之众;而诸王之间又相互混战,结果有的被砍头,有的被放在烈火上烤焦,有的被绳子勒得断了气,有的被活活掐死,诸王竟无一善终。

"八王之乱"始于宫廷内部,由王室与后党之争扩大为诸王之间的厮杀;尔后,又由诸王间的厮杀扩展成各部族间的混战。这场狂杀乱斗,足足延续了二十多年,西晋政权像走马灯一般更迭了七次。先后夺得权柄的汝南王、赵王、齐王、成都王、东海王,以及先为贾后所利用、随后又被贾后杀掉的楚王等,无一不是凶残暴戾的野心家、刽子手。在他们制造的祸乱中,"苍生殄灭,百不遗一",京都洛阳和中原大地的劳动人民被推进了茫茫的苦海深渊,最后导致了十六国各族间的混战和持续三百年的大分裂,在我国历史上出现一次大的曲折和倒退,其罪孽是异常深重的。

四

司马氏以禅代手段建立的西晋王朝,是极度腐朽的。封建统治阶级所有的凶恶、险毒、猜忌、攘夺、荒淫、颓废等龌龊行为,都集中地表现在这个统治集团身上。晋武帝穷奢极欲,荒淫无度,登极后,即选征中级以上文武官员家里的大批处女入宫;次年,又从下级文武官员和普通士族家中选征了五千名处女;灭吴后,又从吴宫宫女中选取了五千人。皇帝淫乱在上,士族和官吏自然也是竞相效尤,淫靡成风。

由于朝廷的狂杀与滥赏,使得周围的官员感到得失急骤,祸福无常,心情经常处于紧张、虚无状态,助长了纵情声色,颓废、放荡。晋武帝率先倡导奢侈享受,夸靡斗富,他的亲信和大臣很多都是历史上有名的奢侈无度的人。开国元老何曾,一天花在三顿饭上的钱要在一万以上,还说没有可以下箸的东西。他的儿子何劭日食两万钱,比老子翻上一番,可是,这还不够尚书任恺两顿饭的花费。而王济、王恺比任恺更为穷奢极侈。但他们又谁都比不过石崇。

大官僚石崇,"资产累巨万金,宅室舆马,僭拟王者。庖膳必穷水陆之珍,后房(妻妾)百数,皆曳纨绣、珥金翠。而丝竹之艺,尽一世之选。筑榭开沼,殚极人巧。"他和武帝的舅父王恺斗富,王恺用紫丝布作成布障,衬上绿绫里子,长达四十里;他则用锦缎做成长达五十里的布障来比阔。武帝看王恺斗不过他,便常常出面相助。这也是旷代奇观。翻遍了史书,哪曾见过皇帝帮助臣下夸侈斗富的?即此,也足以想见当日奢风之盛行，朝政之腐败。一次，王恺拿出皇帝给他的一株二尺多高的珊瑚树，借以夸富。这棵珊瑚树枝叶繁茂，他以为，世上很少能够与之相比的。不料，石崇看后，操起铁如意来就把它敲个粉碎，随后，便招呼手下的人把他收藏的珊瑚树全都搬出来，任他随意挑选。就中有六七棵三尺、四尺高的，枝条层层重叠，美艳无双，光彩夺目。王恺看了，顿时眼花缭乱，两颊飞红，惘然自失。

退休后，石崇在洛城的金谷涧，顺着山谷的高低起伏，修筑了一座占地十顷的豪华别墅，取名梓泽，又称金谷园。<u>飞阁凌空，歌楼连苑，清清的流水傍着茂密的丛林，单是各种果树就有上万株，风景绝佳，华丽无比。</u>"楼台悬万状，珠翠列千行；华宴春长满，娇歌夜未央。"（张美谷：《金谷名园》诗句）人们用"虽由人作，宛自天开"的话来夸赞其高超的建园艺术。

其时，炙手可热的赵王司马伦当政，石崇由于把持爱妾绿珠不放，得罪了权臣孙秀，被诬为唆使人谋杀赵王伦，受到了拘捕，绿珠坠楼而死；石崇及其兄长和妻子、儿女等十五人一齐在东市就戮；钱财、珠宝、田宅、奴仆无数，悉被籍没。就刑前，石崇慨然叹道：想当年我老母去世时，洛阳仕宦倾城前来送葬，摩肩接踵，荣耀无比。今天却落到这个满门遭斩的下场！其实，我没有什么罪。这些奴辈要我死，无非是为了侵吞我的全部资财！他的话一落音，看押他的兵士就问道：既然你知道万贯家财是祸根，为什么不早日散尽呢？石崇哑然无语。

琉间诗性散文话语风格。

金谷园千古传扬，在洛阳可说是妇孺皆知，可是，要考察它的遗址所在，却是众说纷纭。这天，我在一位饱学之士陪同下，沿着邙山南麓，信步走到凤凰台村，顺着金谷涧东南行，据信，当年的金谷园就坐落在这个范围里。而今，除了细水潺潺，悠悠远去，一切一切，都已荡然无存。真个是："豪华人去远，寂寞水东流。"早在初唐时期，王勃在《滕王阁序》中就已经慨叹"兰亭已矣，梓泽丘墟"，何况今天，毕竟已经过去一千七百多年了。

出口成诗。作者既是散文大家，也是诗人。

五

站在北邙山上，纵目四望，但见上下左右，陵冢累累，星罗棋布，怪不得人说"邙山无卧牛之地"。唐代诗人王建有诗云："北邙山头少闲土，尽是洛阳人旧墓。旧墓人家归葬多，堆着黄金无买处。"

有历史的现场感。

原来，这里眼界开阔，地望极佳，身后有奔腾不息的黄河滋润，迎面有恢宏壮观的帝京映照，地势高爽，土层深厚。俗谚云："生在苏杭，死葬北邙。"因此，自东周起，中经东汉、曹魏、西晋、北魏，直至五代，历代帝王陵墓比邻而依。就连"乐不思蜀"的刘禅，被称为"全无心肝"的陈叔宝，"终朝以眼泪洗面"的李煜，这三个沦为亡国贱俘的后主，也都混到这里来凑热闹。其他名人，像伊尹、吕不韦、贾谊、班超……简直数不胜数，都把此间作为夜台长眠之地。踏着黄沙蔓草，置身于累累荒丘之间，确实有一种阴气森森，与鬼为邻的感觉。

听说西晋王朝的五个帝王，也都葬在这里，这

天,我专程转到了这一带,想要看个究竟,结果竟一无所获。原来,足智多谋的司马懿担心墓葬会被人盗掘,临终前嘱咐子孙,不起坟堆,不植树木,不立墓碑。这比曹操死后遍设七十二疑冢还要来得神秘,真是至死不脱奸雄本色。

这种形制影响到整个西晋王朝,所以,司马懿父子三人,连同四代帝王,以及统统死于非命的"八王"的陵寝所在,直到今天还是一个疑团。为了一顶王冠,生前决眦裂目,拼死相争,直杀得风云惨淡,草木腥膻,死后却连一个黄土堆也没有挣到自己名下,说来也是够可怜的了。当然,那些臭皮囊早已与草木同腐,有一些人甚至"骨朽人间骂未销",被牢牢地钉在了历史的耻辱柱上,知不知其埋骨地,似乎也没有太大的差别。

正是由于这里"地脉"佳美,那些帝王公侯及其娇妻美妾都齐刷刷、密麻麻地挤了进来,结果就出现了一个特别有趣的现象:无论生前是胜利者、失败者,得意的、失意的,杀人的抑或被杀的,知心人还是死对头,为寿为夭,是爱是仇,最后统统地都在这里碰头了。像元人散曲中讲的,"列国周秦齐汉楚,赢,都变做了土;输,都变做了土。"纵有千年铁门槛,终归一个土馒头。

关于这一点,莎士比亚也讲了,他在剧作《哈姆莱特》中,借主人公之口说,谁知道我们将来会变成一些什么下贱的东西,谁知道亚历山大帝的高贵的尸体,不就是塞在酒桶口上的泥土?哈姆莱特接着唱道:"恺撒死了,你尊贵的尸体/也许变了泥把破墙填砌,/啊!他从前是何等的英雄,/现在只好替人挡雨遮风！"

　　莎翁在另一部剧作里，还拉出理查王二世去谈坟墓、虫儿、墓志铭，谈到皇帝死后，虫儿在他的头颅中也玩着朝廷上的滑稽剧。我以为，他是有意向世人揭示一番道理，劝诫人们不妨把功名利禄看得淡泊一些。当然，他讲得比较含蓄，耐人寻味。

　　而在中国古代作家的笔下，就显得特别直白、冷峻、痛切。旧籍里有一则韵语，讥讽那些贪得无厌，妄想独享人间富贵、占尽天下风流的暴君奸相："大抵四五千年，着甚来由发颠？假饶四海九州都是你的，逐日不过吃得半升米。日夜宦官女子守定，终久断送你这泼命。说甚公侯将相，只是这般模样；管甚宣葬敕葬，精魂已成魍魉。"

　　马东篱在套曲《秋思》中沉痛地点染了一幅名缰利锁下拼死挣扎的浮世绘："蛩吟罢一觉才宁贴，鸡鸣时万事无休歇。争名利何年是彻？看密匝匝蚁排兵，乱纷纷蜂酿蜜，闹嚷嚷蝇争血。""投至狐踪与兔穴，多少豪杰！鼎足虽坚半腰里折，魏耶？晋耶？"他分明在说，历史，存在伴随着虚无；人生，充满了不确定性。列国纷争，群雄逐鹿，最后胜利者究竟是谁呢？魏耶？晋耶？看来，谁也不是，而是历史本身。宇宙千般，人间万象，最后都在黄昏历乱、斜阳系缆中，收进历史老仙翁的歪把葫芦里。

　　在无尽感慨中，我口占了四首七绝：

　　　　　　圮尽楼台落尽花，谁知曾此擅繁华？
　　　　　　临流欲问当年事，古涧无言带浅沙。

作者善于应用佳词丽句、诗歌名篇，化为自己作品中的精髓。

残墟信步久嗟讶,帝业何殊镜里花!
叩问沧桑天不语,斜阳几树噪昏鸦。

茫茫终古几赢家? 万冢星罗野径斜,
血影啼痕留笑柄,邙山高处读南华。

民意分明未少差,八王堪鄙冷唇牙。
一时快欲千秋骂,徒供诗人说梦华!

六

　　魏晋是中国封建社会的一个大动荡时期。攘夺、变乱是这一时期社会政治生活的主旋律。统治集团内部篡弑频仍,政权更迭繁复,战乱连年不断,社会急剧动荡,给普通民众造成了极大的苦痛,士人群体也未能远祸。因此,《晋书》中说:"属魏晋之际,天下多故,名士少有全者"。

　　当时的社会思想十分错综复杂。一方面是,汉末以来,曹操四次下求贤令,实行"唯才是举"的政策,即使那些"负污辱之名、见笑之行","盗嫂受金",甚至"不仁不孝"者,只要有才能,都可以推荐上来,委以重任。这种由道德至上到重才轻德的转折,无疑成了魏晋时代思想解放的先声。

　　而另一方面,这一时期推行九品中正制,世家权贵操纵着遴选人才大权,以致出现"上品无寒门,下品无世族","世胄居高位,英俊沉下僚"的悖理现象。先赋角色深受世人景慕,而成就角色却极少出头机会,在整个社会造成了价值观念的误导,鄙薄事业、轻视功利的思想泛滥。这两种趋向,看似矛盾、交叉,实则殊途而同归,都有助于以崇尚老庄,任放不羁,遗落世事为特征的"魏晋风度"的形成。

由于思想通脱,废除固执,"遂能容纳异端和外来思想,故孔教以外的思想源源而入"(鲁迅语)。社会秩序解体,儒家礼法崩溃,经学独尊地位已经动摇,玄名佛道,各派蜂起,嘘枯吹生,逞辞诘辩,呈现出"户异议,人殊论,论无定检,事无定价",思想多元化的局面。

魏晋时期,堪称中国政治上最混乱、社会上最苦痛的时代,"然而却是精神史上极自由、极解放,最富于智慧、最浓于热情的一个时代","是中国历史上最有生气、活泼爱美,美的成就极高的一个时代"(宗白华语)。文人学士在生活上、人格上的自然主义和自由主义不断高涨;他们蔑视礼法,荡检逾闲,秕糠功名利禄,注重自我表现,向内拓展了自己的情怀,向外发现了自然情趣,接受宇宙与人生的全景,体会其深沉的奥蕴,滋生了后世所说的"生命情调"和"宇宙意识"的萌芽。阮籍、嵇康等"竹林七贤"为其代表人物。

阮籍尝登荥阳广武山,观楚汉战场,慨然叹道:"时无英雄,遂使竖子成名!"自然是话中有话:一则借助谩骂以玩弄权术起家的刘邦,影射那些包括司马氏在内的得势于一时的风云人物;二则也是愤激于生当乱世,黄钟毁弃,瓦釜雷鸣,他们这些名士空负英雄之志,而无由酬其夙愿。

按常礼,母丧期间必须茹素,但阮籍偏偏大啖酒肉。《礼记》规定,叔嫂不能通问,他却经常与嫂子聊

天，其"嫂尝归家，籍相见与别，或以礼讥之，籍曰：'礼岂为我设耶？'"邻居家的妻子有美色，在酒店里卖酒。阮籍喝醉以后，就睡在这个女人身边，完全无视儒家"男女之大防"。女人的丈夫起初有些怀疑，暗中观察阮籍的行为，但始终没有发现他有什么不良企图。

他就是这样毫无顾忌地与纲常、礼教对着干，明确地说，君子之礼法乃天下摧残本性、乱危社会、致人窒息之术。阮籍和嵇康率先举起张扬自我、反对名教的大旗。阮籍辛辣地讽刺说，礼法之士如裤中之虱，行不敢离缝际，动不敢出裤裆，自以为得绳墨也。嵇康则响亮地提出"越名教而任自然"的口号。

如果从政治斗争的角度来观察这个问题，他们这样做，实际上是与司马氏统治集团开展斗争的一种形式。鲁迅先生指出，魏晋以孝治天下。因为他们的天位乃从禅让即巧取豪夺而来，若主张以忠治天下，则立脚点不稳，立论既难，办事也棘手。于是，他们倡言以孝治天下，把名教作为剪除异己、巩固政权的工具，充分暴露了这种名教与礼法的虚伪性。阮籍、嵇康等公开抨击名教，蔑视礼法，无异于把斗争锋芒直接指向司马氏，当然要引起当权者的忌恨。

特别是嵇康，在《与山巨源绝交书》中，列举了"七不堪"、"二不可"，来说明作了官就会妨碍个性发展与个人自由，实际是表明不肯为司马氏卖命的心迹。他在《卜疑》一文中更加露骨地讲：人们都说商汤王、周武王用兵的功劳有多大，周公辅佐年幼的成王如何好，尧舜禅让之德多么美，孔老夫子的话怎样有理，依我来看，这一切都是虚伪的。

　　此时的司马昭正在标榜自己武功盖世,辅助魏帝多么忠心耿耿,暗地里却处心积虑地筹划着如何搭设"受禅台"。嵇康上面那番话,针锋相对,恰中要害,不啻一记响亮的耳光,自然要遭到司马氏集团的痛恨。终于被安上一个罪名,一杀了之。

　　政治斗争的残酷性,鲜血淋漓的教训,造成那些名士、畸人在生命形态和生活方式上,有意无意地出现一些畸形的变化。他们的人生以悲剧垫底,但却表现出常人所难以理解的旷达和潇洒,当其得意,忽忘形骸。加之,伴随着旧的权威思想的崩溃,人们在信仰、追求、价值取向方面失去了依归,经常陷于精神空虚与紧张、焦虑、孤独之中,导致人与社会、人与自然、人与人之间关系的疏离和联系纽带的断裂。阮籍有一首《咏怀诗》,对他内心的苦闷和临深履薄的心态做了最生动的揭示:

　　　　一日复一夕,一夕复一朝;
　　　　颜色改平常,精神自损消。
　　　　胸中怀汤火,变化故相招;
　　　　万事无穷极,知谋苦不饶。
　　　　但恐须臾间,魂气随风飘;
　　　　终身履薄冰,谁知我心焦!

　　竹林名士经常纵酒昏酣,遗落世事,这是他们思想、性格上的外在表现的重要形式;而全身避祸,醉以忘忧,"欲将沉醉换悲凉",则是其深层的考虑。对此,宋人叶梦得看得最清楚,他在《石林诗话》中指出:"晋人多言饮酒,有至于沉醉者,此未必意真在于

酒。盖时方艰难,人各惧祸,惟托于醉,可以粗远世故。"司马昭为了把阮籍拉进自己身边,要娶他的女儿作儿媳。阮籍却不愿攀上这门亲戚,但又不敢公开拒绝,就从早到晚喝酒,醉倒就睡,睡醒又喝,连续醉了六十天,媒人无可奈何,不得不怅然走开,司马昭也只好作罢。

刘伶更是出名的酒鬼,经常豪饮,任性放纵,有时在屋里脱去衣服,赤身裸体,别人看见了加以讥讽。他却说,我把天空和大地作为屋宇,把房舍作为裤子,诸位先生怎么跑到我的裤裆里来了?他在散文名篇《酒德颂》中说:"兀然而醉,恍尔而醒,静听不闻雷霆之声,熟视不睹泰山之形","惟酒是务,焉知其余"。

山涛"至八斗方醉";阮咸饮酒"不复用常杯斟酌,以大瓮盛酒,围坐,相向大酌"。他们借助酒力来表达对当权者的蔑视与反抗,摆脱世俗礼制的束缚。其间,根本谈不上有什么乐趣,不过是一种无奈与无聊罢了。

七

战乱频仍,社会动荡,呈现出多元、混乱、无序、开放状态。反映到思想文化领域,是儒学的禁锢渐近衰弛,个体的智慧才情得到了充分的承认与重视。文人、学者们开始集中地对人的个性价值展开了探讨与研究,个性解放的浪潮以锐不可当之势,冲破了儒学与礼教的束缚。一时,思想空前活跃,个性大为张扬,防止了集体的盲目,增强了创造、想象的自主性,开始有意识地在玄妙的艺术幻想之中寻求超越之路。又兼各民族之间战事连绵,交流广泛,作家、诗人生计艰难,流离转徙,丰富了阅历,深化了思想,从而促进了文学创作的发展。

时代的飙风吹乱了亘古的一池死水。政治上的不幸成就了文学的大幸、美学的大幸,成就了一大批自由的生命,成就了诗性人生。他们以独特的方式迸射出生命的光辉,为中华民族留下了值得叹息也值得骄傲的文学时代、美学时代、生命自由的时代,留下了文化的浓墨重彩。清代诗人赵翼在《题元遗山集》中有"国家不幸诗家幸,赋到沧桑句便工"之句,深刻地揭示了这种道理。当然,这也正是时代塑造伟大作家、伟大诗人所要付出的惨重代价。

魏晋文化跨越两汉,直逼老庄,接通了中国文化审美精神的血脉,同时,又使生命本体在审美过程中行动起来,自觉地把对于自由的追寻当作心灵的最高定位,以一种特定的方式实现了生命的飞扬。当我们穿透历史的帷幕,直接与魏晋时代那些自由的灵魂对话时,更感到审美人生的建立,自由心灵的驰骋,是一个多么难以企及的诱惑啊!

大抵文学史上每当创作旺盛的时期,常常同时出现两个代表人物:一个是旧传统的结束者;一个是新作风的倡导者。曹操、曹植正是这样的两个人物。(范文澜语)由于曹氏父子倡导于上,加之本人都是大文学家,当时又具备比较丰裕的物质生活和有利的创作环境,那些饱经忧患、心多哀思的文士们,创作才能得以充分地发挥出来。于是,建安才士源源涌现,多至数以百计,他们的诗赋骈文,特别是以曹

语言如行云流水般清丽、明快,呈现没有障碍的自由图景。

植为代表的五言诗,达到了时代的高峰。

"邺下风流在晋多"。西晋一朝,动乱不宁,为时短促,但在文化艺术方面的成就却是巨大的。钟嵘说,太康(晋武帝年号)中,三张(张载、张协、张亢)、二陆(陆机、陆云)、两潘(潘岳、潘尼)、一左(左思),勃尔复兴,亦文章之中兴也。一时文华荟萃,人才辈出,流派纷纭,风格各异。继曹氏父子、建安七子之后,活跃在文坛上的正始诗人、太康诗人、永嘉诗人,薪尽火传,群星灿烂。

尤其是以赋的成就为最大。左思《三都赋》一纸风行,时人竞相传抄,遂使洛阳纸贵。陆机的《文赋》,不仅是一代文学名作,而且在中国文学批评史上,也是一篇重要文献。竹林七贤多有名篇佳作传世,其中文学成就最高的是阮籍和嵇康,他们的《咏怀》诗、《大人先生传》和《幽愤诗》、《与山巨源绝交书》,一直传诵至今。"金谷二十四友"中为首的潘岳,与陆机齐名,是"太康体"的代表性作家,为西晋最有名的诗人,三首《悼亡》诗,笔墨之间深情流注,真切感人。

魏晋时的史学、哲学、书法艺术成就可观。陈寿的《三国志》,与《史记》、《汉书》、《后汉书》并称为"前四史",被历代史家誉为最好的正史之一。西晋玄学、佛、老,对后世有颇深的影响。嵇康、邯郸淳等书写的古、篆、隶《三体石经》,乃世所罕见的书艺珍品,钟繇的楷书也是独擅盛名。

就在那些王公贵胄、豪强恶棍骸骨成尘的同时,竟有为数可观的诗文杰作流传广远,辉耀千古。这种存在与虚无的尖锐对比,反映了一种时代的规律。

事物总是错综复杂的,上下相形,得失相通,成败相因,利弊相关。人的一切社会成就的获得,往往会造成他作为个人的某些方面的失去;而表面上看来是失败的东西,其反面却又意味着成功。从社会时代来考究,嵇康、阮籍等人都是失败者,都是充满悲剧色彩的人物;但从他们个人的角度来看,却又是获得了很大的成功。

八

魏晋故城遗址东面,建春门外一里多路的东石桥南有个马市,旧称东市,是魏晋时期行刑的场所。这次,我特意到那里转了转,已经是荒草没胫、面目全非了。当年,嵇康临刑前,曾把他的琴要过来,坐在地上弹奏了一曲《广陵散》,亲友们听了那激昂、凄厉的琴声,个个泣下不止。嵇康只是长叹了一口气,说:这支曲子是一位老先生教给我的,当时我们在旅途中,同住一间客栈。他再三嘱咐我,不要另传他人。可惜,从今以后,它就将失传了。有人考证,这个《广陵散》原是一首古曲,内容是表现战国时期聂政刺杀韩相侠累、兼中韩王的。临死时,嵇康还要奏这种曲子,说明他胸中的愤懑不平之气,该是何等强烈。

嵇康殁后,在缅怀他的诗文中,最撼人心弦的当推向子期的《思旧赋》。嵇康被杀,他的好友向子期再也无法隐居了,只好出来入仕,投到司马氏门下。这天,他归自洛阳,路过嵇康的山阳故居(在今河南修武县),触景伤怀,写下了正文只有二十四句的小

有历史的现场感。

赋。在那闪烁其词、欲说还休的寥寥数语中，人们感受到一种欲哭无泪、深沉得近于心死的悲哀。其中有这样的话："叹《黍离》之悯周兮，悲《麦秀》于殷墟。惟追昔以怀今兮，心徘徊以踌躇。"竟将区区山阳故居的荒凉，与周室、殷墟之破败相提并论，显现出向子期的深沉的故国之思和对从前隐逸生活的眷念。

照应文章的题目。

千载心香域外烧

一

那天在河内我国驻越南大使馆，听到一个惊人的信息：初唐"四杰"之首、著名文学家王勃的墓地和祠庙在越南北部的义安省宜禄县宜春乡，那里紧靠着南海。《旧唐书》中本传记载，王勃到交趾省父，"渡南海，堕水而卒"。罹难场所和葬身之地向无人知，想不到竟在这里！

由于急切地想要看个究竟，第二天，我们便在越南作家协会外联部负责人的陪同下，驱车前往实地访察。一路上的话题，自然离不开这位短命的天才诗人。对于一个 1 300 多年前的外国文学家，友好邻邦的同行们不仅熟知，而且饶有兴趣，确属难能可贵。只是，我们心里越是急切，汽车越是跑不起来，路又窄，车又多，不足两百公里的路程竟然走了六个小时，到达那里已经是夜幕沉沉了。

我们在海边一家简易旅馆住下。客房在楼上，很空阔，窗户敞开着，夜色阴森，林木缝隙中闪现出几星渔火，杂着犬吠、鸦啼，空谷足音一般，令人加倍感到荒凉、阒寂。哗——哗——哗，耳畔涛声阵阵，

王勃（649 或 650—676 或 675），字子安，绛州龙门（今山西万荣）人。王勃是"初唐四杰"之冠，另三人分别是：杨炯、卢照邻、骆宾王。

好像就轰响在脚下,躺在床上有一种船浮海面、逐浪飘摇的感觉,似乎随时都可能漂走。迟迟进入不了梦乡,意念里整个都是王勃——到底是怎么死的,死了之后又怎么样……很想冲出楼门,立刻跑到海边去瞧一瞧,无奈环境过于生疏,只好作罢,听凭脑子去胡思乱想。

当年,少陵诗翁出巫峡,至江陵,过诗人宋玉故宅,曾有"怅望千秋一洒泪,萧条异代不同时"的慨叹,其时上距宋玉时代恰值千年上下;于今,又过去了一千多年,我们来到了另一位名扬中外、光耀古今的诗人的终焉之地,不仅是"萧条异代"了,而且远托异国,自然感慨尤深。我多么想望,这位同族同宗的先辈文豪,能够走出泉台,诗魂夜访,相与促膝欢谈,尽倾积愫啊!他那脍炙人口的"海内存知己,天涯若比邻"的名句,不知倾倒了多少颗炽热的游子之心,今天晚上,尔我竟然"天涯若比邻"了,真是三生有幸,"与有荣焉"。

二

东方刚刚泛白,我便三步变作两步地飞驰到海边。风很大,衣服被鼓胀得像个大包袱隆起在背上,海潮也涨得正满,目力所及尽是如山如阜的滔滔白浪。几只渔船正劈波入海,时而被抛上浪尖,时而又跌下谷底。说是船,其实本是藤条编的大圆笸箩,里外刷上厚厚的黑漆。平时扣在潮水漫不到的沙滩上;捕鱼季节到来,渔民把它们翻转过来,然后推进海里,手中架起长长的木桨,艰难费力地向前划行着。

当地文友说，这里是蓝江入海口，距离中国的海南岛不远，大体在同一纬度上。气候很特殊，看上去滩平坡缓，视野开阔，没有任何遮拦，可是，老天爷却老是耍脾气，喜怒无常，瞬息万变。说声变脸，立刻狂风大作，搅动得大海怒涛汹涌，面目狰狞，往来船只不知底里，时常遭致灭顶之灾。听到这些，王勃遇险的因由，我已经猜到几分了。

草草用过了早餐，我们便赶忙去看王勃的祠庙和墓地。听说有中国作家前来拜望王勃，乡长停下正在进行的会议，早早等候在那里。见面后，首先递给我一本铅印的有关王勃的资料。封面印着王勃的雕像，里面还有墓碑的照片，正文为越南文字，后面附有以汉文书写的《滕王阁序》。大家边走边谈，突然，一大片荒榛断莽横在眼前，几个圆形土坑已经长起了茂密的茅草。乡长指着一块凸凹不平的地基说，这就是王勃祠庙的遗址，整个建筑 1972 年被美国飞机炸毁了。我急着问："那么，坟墓呢?"当地一位乡民指告说：离这里不远，也都被炸平了。这时，乡长从我手里取回资料，让大家看封底的照片——炸毁前此地的原貌：几株参天乔木笼罩着一座园林，里面祠堂高耸，径路依稀，不远处有荒冢一盔，累然可见，徜徉其间还有一些游客。于今，已全部化作了尘烟，进入了虚无。真是"此情可待成追忆，留得残图纸上看"了。

全场静默，榛莽无声。苍凉、凄苦、愤懑之情，壅塞了我的心头；而目光却继续充盈着渴望，我往四下里搜寻，很想从历史的丛残中打捞出更多的劫后遗

存。于是，又拨开对面的灌木丛，察看隐没其间的一座墓碑。已经断裂了，碑额抛掷在一旁，以汉字刻写的碑文多处残损，而且漫漶模糊，大略可知竖立于王勃祠庙重修之际，时间约在18世纪末年。

<h1 style="text-align:center">三</h1>

王勃字子安，山西绛州龙门人，生于唐太宗贞观二十三年(649)。祖父王通，世称"文中子"，是隋末的知名学者，声望极高，"往来受业者，不可胜数，盖将千余人"，唐初许多著名人物，像李靖、房玄龄、魏徵、薛收等，都是他门下的弟子；叔祖父王绩，是著名诗人；父亲王福畤、伯父王福郊也都声誉素著。在这样一个良好的家庭环境熏陶下，王勃的诸兄弟都是"一时之健笔"，而他更是其中的佼佼者，一生著述甚丰，有《王子安集》传世。

他悟性极强，六岁善文辞，即有"神童"之誉。他见到庭前的风吹叶落，便随口吟出："高高山头树，风吹叶落去。一去数千里，何当还故处！"寥寥20个字，竟然隐喻了他一生的行藏。当时在场的有他父亲的挚友杜易简，听后便说，此子日后必将长成参天的大树。九岁时，他读了颜师古所著《汉书注》，一一指摘其中疵误，并辑录成册，博得周围名士交口称赞。因为颜师古是唐初著名的文献学家，素称功底深厚，学风谨严，考据翔实。颜氏以其毕生功力，精心修撰了这部著作，被奉为研习《汉书》的学术经典。而一个小小孩童，竟能从中寻疵指谬，实在不同凡响。后来，经朝廷重臣刘祥道举荐给唐高宗，王勃入

年少王勃才华毕露，也许是天妒其材，王勃命途多舛，官小而才大，名高而位卑，最终历史将这位神童天才定格在茫茫大海上。

朝为朝散郎,当时才十四岁。

但是,他的仕途并不顺畅,由于恃才傲物,深为同僚所嫉,屡遭颠折。当时,他的名声很高,使得高宗的几个儿子都争相礼聘,要网罗他进入自己的王府。后经高宗批准,他来到刚刚受封的沛王李贤府中,担任修撰,充当谋士和指导教师的角色,深得沛王信任。其时宫中盛行斗鸡之戏,沛王也是一个积极分子。他有一只体高性烈、毛色鲜美的公鸡,多次比赛中都大获全胜,独独被英王李显的"鸡王"所战败。英王神色飞扬,无限得意,而沛王却十分尴尬。年轻气盛的王勃,当即产生了创作冲动,援笔立成一篇《檄英王鸡》的游戏文章,当场吟诵,博得一阵阵笑声。后被高宗发现,读了盛怒不已,指责说,无比庄重的文体竟以儿戏出之,如此放肆,这还得了? 文章说是檄鸡,实则意在挑动兄弟不和,真是可恶得很。于是,下令免除王勃官职,并逐出王府。

王勃的第二次遭贬,后果更为严重,不仅自己丢掉了官职,被投进监狱,险些送了性命,而且连累了他的父亲。事情是这样的:他被逐出沛王府之后,即远游江汉,旅食巴蜀。闲居数年之后,经友人陵季友帮忙,补为虢州参军。虢州盛产药草,而王勃对中医药颇有兴趣,就在公余之暇从事草药的采集与研究。一天,有人主动登门求见,自称得祖上秘传,王勃遂待为上宾。其实,此人原是一个官奴,杀人后潜逃至此,官府正通缉捕拿。按大唐法律,窝藏罪犯当连坐,王勃深悔自己的孟浪,但为时已晚。万般无奈之下,他便趁夜黑天将罪犯杀掉、掩埋。消息很快就传出了,于是,以窝藏并私自处死罪犯之罪被捕下狱,

王勃内心充满了博取功名的幻想和激情,都积着不甘居人下的雄杰之气。然而历史总是爱开天才的玩笑,在一次次挫折后将天才推向绝命之地。

将被判处死刑。这一年他二十六岁。据一些人推测，由于他得罪了同僚，此案很有可能是经人精心策划的，引诱他上了圈套。幸亏赶上高宗册立太子，大赦天下，他才挣脱了这场杀身之祸。仕途的险恶，使他惊悸万端，心灰意冷，决意从此告别官场，远涉千山万水，前往交趾看望被流放的父亲。

四

这年六月，他从龙门出发，一路沿黄河、运河乘舟南下，再溯江而上，经芜湖、安庆抵达马当。九月初八这天，听说滕王阁重修工程告竣，洪州都督阎伯屿将于重阳节邀集宾朋，盛宴庆祝。他十分珍视这次以文会友的机会，可是，马当山离洪州（南昌）尚有700里之遥，一个晚上是万万不能赶到的。这时奇迹发生了，据说，因有江神相助，一夕间神风飒飒，帆开如翅展，船去似星飞，次日清晨就系舟于滕王阁下。于是，"敢竭鄙诚，恭疏短引，一言均赋，四韵俱成"，那篇千秋杰作《滕王阁序》应运而生。

显而易见，王勃此行，心情是十分压抑的。少年壮志已成尘梦，而今以一无爵无禄的刑余之人，萍浮梗泛，羁身南北，怎能不深深陷于极度的愤懑与绝望之中！这种情怀在序文中表现得十分充分。文章在正面描绘了滕王阁壮美的形势和秀丽的景色之后，笔锋一转，便进入淋漓酣畅的抒怀，极写其兴尽悲来、怀才不遇的惆怅：

关山难越，谁悲失路之人；萍水相逢，尽是

他乡之客。怀帝阍而不见，奉宣室以何年？嗟乎！时运不齐，命途多舛。冯唐易老，李广难封。屈贾谊于长沙，非无圣主；窜梁鸿于海曲，岂乏明时？

长短句结合，抒发自己的愤郁悲凉。

里面满是牢骚，满是愤慨。最后，索性弃官就养，一走了之——"舍簪笏于百龄，奉晨昏于万里"了。显然，这是借滕王的酒杯浇自己的块垒。我想，即使没有这次重阳雅集，他也会凭借其他由头写出类似文字的。许久以来，他实在是太伤心、太抑郁、太苦痛了，憋闷得简直喘不过气来，胸膛都要炸裂了。作序，使他在集中展现才华的同时，也获得一个敞开心扉、直抒忧愤的机会。

其实，这里面是潜藏着一定的风险的。好在与会者一时为其华美的词章所打动，惊服他的旷世才情，并没有过多地玩索其中的深意；否则，纵使初唐时期文学环境比较宽松，不致像后世的苏东坡那样，遭人轻易地罗织一场新的"乌台诗狱"，也总会给那些蓄意倾陷、别有用心之人提供一些彰明昭著的口实，难免再次招致什么难以预料的灾愆。

五

就是说，这次他还是很幸运的。雄文一出，不但四座叹服，并且为后世文坛所极力推崇。当然，也有轻薄訾议王勃等四子之文"以骈骊作记序，多无足取"者，但受到了诗圣杜甫毫不留情的抨击："王杨卢骆当时体，轻薄为文哂未休。尔曹身与名俱灭，不废

江河万古流。"轻薄者"身名俱灭"，而王勃为首的"初唐四杰"则"江河万古"。大文豪韩愈一向是眼空四海，目无余子的，可是，他也为自己的《滕王阁记》能排在王文之后而感到无比荣耀。此后，地以文传，马当山也跟着出了名。清代诗人潘耒路过这里，题诗云："飞帆如箭劈流开，遥奠江神酒一杯。好风肯与王郎便，世上唯君不妒才。"借着讲述马当山神风相助的故实，抒写他对王勃高才见嫉的深切同情和愤懑不平。

也是借助这一故实，后来在元明小说、戏曲中便出现了一句常用的文词："时来风送滕王阁。"中国过去讲究对句，那么，"运去……"呢？也还是因为风神作祟。王勃于唐高宗上元三年（676）夏初来到交趾，陪父亲一起度过了炎热的溽暑，秋八月踏上归程，由蓝江起航，刚刚驶入南海，即不幸为风浪所噬，终年二十八岁。也许是"天道忌全"吧，一个人如果太完美、太出色了，即将为造物者所忌。上帝总是在最不合时宜的当儿，忍心摧折他亲手创造的天才。结果，那七彩斑斓的生命之花还未来得及充分绽放，就悄然陨落了，身后留下了无边的空白。

据越文资料记载，那一天，海水涨潮倒灌，把王勃的尸体顶入蓝江，被村人发现，认出是这位中土的早慧诗人，即刻通知他的父亲，然后就地埋葬在蓝江左岸。出于对他的崇敬，并且雕像、修祠，永为纪念。千古文章未尽才，无论就整个文坛还是就他个人来讲，都是抱恨终天的憾事。传说王勃死后，情怀郁结难舒，冤魂不散，蓝江两岸总有乌云滚动。还有人在南海之滨看到过他那飘忽不定的身影；夜深人静时，风翻叶动,簌簌有声,细听,竟是他操着中原口音在吟咏着诗文。

这一带文风比较盛。过去许多上了年纪的人都能背诵"落霞、孤鹜"的名句和"闲云潭影日悠悠,物换星移几度秋"的诗章;子弟们潜心向学,有的还科名高中,历代出现过许多诗人。其中,成就最大、声望最高的是被誉为"越南的屈原"、"民族的天才诗人"阮攸。他出生于黎王朝的末叶,中年入仕后,曾几度出使中国,到过长江沿岸许多地方,对于中国的风物人情,尤其是汉文学素有深湛研究。他根据中国章回小说改写的诗歌作品《金云翘传》,长达3 254行,享有世界性的声誉。阮攸从小就熟读王勃的诗文,心向往之,不仅在作品中引用过"风送滕王阁"的逸闻佳话,还专门凭吊过王勃祠、墓。听说,重修后的王勃祠庙的对联:"座中尽是他乡客,眼底无非失路人",就是阮攸亲拟的;还有一副联语:"信哉天下有奇作,久矣名家多异才",引自陆放翁诗,亦出自阮攸之手。他曾在《漫兴》一诗中写道:"行脚无根任转蓬,江南江北一囊空",虽有自嘲意味,但用来比况王勃也是至为贴切的。

明朝末年,中国的白话短篇小说集《三言二拍》付梓后,不久便传入越南,并产生深远的影响。其中冯梦龙编的《醒世恒言》第四十回:《马当神风送滕王阁》,里面有"王勃乃作神仙而去"的说法,还附了一首七绝:"从来才子是神仙,风送南昌岂偶然?赋就滕王高阁句,便随仙杖伴中源(江神名)。"大约就是从这时开始,王勃便在南海沿岸一带被作为神祇供奉了。原本是出于敬慕,现在又涂上了一层信仰的釉彩,于是,这位青年才俊便在香烟缭绕中开启了他的仙家岁月。

什么圣帝贤王、天潢贵胄、巡边都抚、镇海将军,当地人民早已通通置诸脑后了,唯有这位谈不上任何功业而又时乖运蹇的文学家,却能世世代代活在人们的心里。

至少百姓记住了他,他骨子里昂扬的抱负和气概表明:他是一个大写的"人"。

六

承乡长见告,王勃祠庙遭受轰炸后,当地一位名叫阮友温的退伍大尉,冒着生命危险把王勃的雕像抢救出来,没有地方安置,便在家中腾出一间厅堂把他供奉起来。这引起了我们的极大兴趣,立即赶赴阮家探望。阮先生已经故去,其胞弟阮友宁和先生的儿媳、孙儿接待了我们。王勃像供在中堂左侧,前面有一条几,上设香案。像用上好红木雕刻,坐姿,为唐朝士大夫装束,通高约一米四五。由于年深日久,脚部已开始朽损,面孔也有些模糊。跟随着主人,我们一同上前焚香拜祝。我还即兴吟咏了一首七律:

南郡寻亲归路遥,孤篷蹈海等萍飘。
才高名振滕王阁,命蹇身沉蓝水潮。
祠像由来非故国,神仙出处是文豪。
相逢我亦他乡客,千载心香域外烧。

站在雕像面前,我为这样一位悲剧人物深情悼惜——

沧桑无语

84

对于文学天才,造物主不该这样刻薄悭吝。唐代诗人中得享上寿者为数不少,怎么偏偏同这位"初唐四杰"之冠过不去,不多留给他一些创造璀璨珠玑的时间!

短命还不算,在他二十几年的有限生涯中,几乎步步都在翻越刀山剑树,弄得伤痕累累,焦头烂额。他的身心确是太疲惫了,最后,只好到南海之滨寻觅一方逍遥化外的净土,让那滚滚狂涛去冲洗倦客的一袭黄尘、满怀积忿,让富有诗情画意的蕉风椰韵去抚慰那颗久滞异乡的破碎的心。

他失去的太多太多。他像彗星那样在大气层的剧烈摩擦中倏忽消逝,如一粒微尘遗落于恒沙瀚海。他似乎一无所有,然而却在文学史上留下了一串坚实、清晰的脚印,树起一座高耸云天的丰碑,特别是能在域外长享盛誉,历久弥新。如此说来,他可以死而无憾了。

王勃属于那种精神世界远比行为层面更为丰富、更为复杂的文学家,有着广泛而深邃的可研究性。相对地看,我们对于这位天才诗人的关注反而不如兄弟邻邦,至于不为成见所拘,独辟蹊径地解读其诗文,恐怕就更欠火候了。

单元链接

关于陆游的诗歌创作可以参见《剑南诗稿》,这部诗稿前二十卷是陆游自己编订的,经过严格的删汰。苏东坡的研究著作众多,建议高中生参看李一冰先生的《苏东坡大传》(插图本)(九州出版社),图文并茂地对苏东坡的生平做了详细生动的叙述,很适合中学生阅读。这一单元除了王勃,其他都是宋代词坛上的明星,不妨找一本经典的《宋词三百首》(中华书局)通读一下,相信一定有所收获。

第二单元

DI ER DAN YUAN

山水追梦

不管是仗剑漫游,还是隐居濠梁、独钓桐江,名士在面对机遇与挑战、现实和矛盾之时,都不约而同地将目光投向山水,青山碧水滋养诗心更滋养灵魂。庄子、严子陵、李白的人生既波澜壮阔又隐秘无声,涓涓文脉泽被后世,将大写的人生抒写在山山水水中,淀成永恒,古人的气魄,今人不妨从一处处山水中追寻而去。

■ 青山魂

一

在中国古代诗人中，李白确实是一个不朽的存在。他的不朽，不仅由于他是一位负有世界声誉的潇洒绝尘的诗仙，那些雄奇、奔放、瑰丽、飘逸的千秋绝唱产生着超越时空的深远魅力；而且，因为他是一个体现着人类生命的庄严性、充满悲剧色彩的强者。他一生被登龙入仕、经世济民的渴望纠缠着，却困蹶穷途，始终不能如愿，因而陷于强烈的心理矛盾和深沉的抑郁与熬煎之中。而"蚌病成珠"，这种郁结与忧煎恰恰成为那些天崩地坼、裂肺摧肝的杰作的不竭的源泉。

一方面是现实存在的李白，一方面是诗意存在的李白，两者构成了一个整体的"不朽的存在"。它们之间的巨大反差，形成了强烈的内在冲突，表现为试图超越却又无法超越，顽强地选择命运却又终归为命运所选择的无奈，展示着深刻的悲剧精神和人的自身的有限性。

解读李白的典型意义，在于他的心路历程及其个人际遇所带来的悲欢苦乐，在很大程度上可以反映出几千年来中国文人的心态，呈现出带有普遍性

李白（701—762），字太白，四川省江油市青莲乡。号青莲居士，又号谪仙人。有"诗仙"、"诗侠"之称。有《李太白集》传世。

"现实"与"诗意"，"整体"与"反差"为全文写双面李白提纲挈领。

的"士"的性格与命运的悲剧。

二

去年秋末，我有皖南之行，半月时间，足迹遍于当涂、宣城、秋浦（今属贵池）、泾县一带。这里恰好是李白晚年活动的中心。此行为我深入探究这位大诗人的奥蕴提供了一个开阔的视野，理想的角度。

李白祖籍陇西成纪，其先祖于隋朝末年被流放到西域，李白出生在中亚的碎叶城（唐时在安西都护府辖区内），五岁前后随父亲内迁至绵州彰明县青莲乡（今属四川江油县）。这种丰富的阅历，为他形成创造性思维奠定了有利的基础，而盛唐时期繁荣、安定的社会环境，又使他有条件接受良好的传统文化教育。

李白学习的范围非常广泛，"十岁观百家"，"十五观奇书"，并和善谈"纵横术"的赵蕤等一班人交游，从小便树立了建功立业，"济苍生"、"安社稷"的政治理想。他常常自比于历史上著名的政治家管仲、晏婴、张良、诸葛亮、谢安，志在"申管晏之谈，谋帝王之术"，"使寰区大定，海县清一"。他二十五岁那年，怀抱"四方之志"，出蜀远游，开始了后来三十几年的漂泊生涯。先后曾寓居湖广的安陆、山东的任城，并漫游了祖国东部的许多地方，结交各方面人士，向一些地方官员锐身自荐。尔后，又移家皖南，并终老于此，前后大约住了六年时间。

天宝元年（742）春，李白从东鲁南下来到皖南的南陵，秋天离开这里奉诏赴京。这是首次入皖。天

燕雀安知鸿鹄之志哉！

沧桑无语

90

宝六载,也就是在长安遭受挫折、被迫出京三年之后,又经由扬州、金陵溯江而上,畅游皖南的当涂。又过了六年,李白第三次前来,在近三年的时间里,足迹遍及皖南各县。李白第四次流寓皖南,是在生命的最后两年,夜郎流放遇赦之后,他再次来到宣城、泾县,最后投靠族叔李阳冰,定居于当涂,并选择"谢家青山"作为埋骨之地。

皖南一带绮丽的风光,朴厚的民情,润滋与抚慰了他的充满动荡、溢满忧愤、布满坎坷的失意生涯。诗人同这里的山山水水结下了深厚的情缘,而原本就雄奇秀丽的皖南山水,一经诗人的大笔淋漓的点染,更凸显出了它的壮美无俦的神采,成为神州大地最具人文价值的区域之一。

三

那些天,我一直沉酣在一种幻觉里:山程水驿,雨夜霜晨,每时每地,都仿佛感到诗人李白伴随于前后左右,而且不时地发出动人的歌吟。<u>当我站在宣城陵阳山谢公楼的遗址上</u>,面对着晚秋的江城画色,"两水夹明镜,双桥落彩虹"的谪仙名句,油然浮荡在耳际。而当驻足采石矶头,<u>沉浸在横江雪浪的壮观里</u>,"惊波一起三山动","涛似连山喷雪来"的隽永,又使我同诗人一样跃动着猛撞心扉的惊喜,获得一种甘美无比的艺术享受。

碧山,坐落在皖南黟县的西北面,它北连盂山,南对霭峰,风景十分幽美。《徽州府志》记载,此地有十里桃花,春时与绿树交映,秀色宜人。虽然我来时

中国传统文学中最大的抒情主题莫非也就是怀古之情,兴亡之叹。

已是黄叶飘飞，秋光照眼，但从李白《山中问答》诗中仍能领略它的浓春逸趣。

> 问余何意栖碧山，笑而不答心自闲。
> 桃花流水窅然去，别有天地非人间。

诗人眼中的碧山，充满了清幽、纯净之美，是名利场、是非窝的"人间"所无可比拟的。寥寥数语，寓沉重于闲适，寄托了诗人愤世嫉俗的万千感慨。明代诗人李东阳说它"淡而愈浓，近而愈远"，其旨趣"可与知者道，难与俗人言"。

在这里，我也效仿李白以恬淡、虚空的心境，对碧山这个客体做一番美的观照，沉浸在美学家所说的"静照"境界里："空诸一切，心无挂碍，和世务暂时绝缘。这时一点觉心，静观万象，万象如在镜中，呈现着它们各自的充实的、内在的、自由的生命"，"在静默里吐露光辉"（宗白华：《美学散步》）。

我很喜欢踏着晚秋的黄叶，徜徉于五松山下、天柱峰前，漫步在桃潭、秋浦之间，寻几分天籁，握一把苍凉，在疑幻疑真的朦胧意象里，借助那一泓澄碧和万壑松吟来濯心、洗耳，冲破时空的限界，纵身千载之上，同诗人一道亲炙那"扫石待归月"，"倚树听流泉"的幽情雅趣。

也是在采石矶头，也是那样一个"秋月照白壁，皓如山阴雪"的夜晚，我站在拔江而起、危矶如削的峭壁上，望着涛惊浪涌的滚滚江流，眼前仿佛浮现出一幅《谪仙泛舟赏月图》。李白和他的好友、"饮中八仙"之一的崔宗之，一舟容与，溯流而上，"进帆天门山,回首牛渚没","月随碧山转,水合青天流"。像诗人汪静之所描写的,他穿一件极美丽的五云裘,颜色好像夏天的朝云,春天的彩虹,像碧海衬着远山,红霞映着绿草,端坐在船的正中。金樽邀月,诗酒唱和,岸旁观者如堵,而诗仙则顾盼神飞,谈笑自若。

《侯鲭录》载:开元年间诗仙进谒宰相,擎着书有"海上钓鳌客李白"的手板。宰相问道:"先生临沧海,钓巨鳌,以何物为钩线?"答复是:"以风浪逸其情,乾坤纵其志,以虹霓为丝,明月为钩。"又问:"以何物为饵?"答曰:"以天下无义丈夫为饵。"宰相闻之悚然。这虽然只是传说,未足凭信,但确也深得太白的神韵,真实地刻画了他的高蹈、超拔的精神世界。

四

李白的精神风貌及其诗文的内涵,是中国文化精神哺育的结晶。清代诗人龚自珍认为,他是并庄、屈以为心,合儒、仙、侠以为气的。太白飘逸绝尘、驱遣万象的诗风,显然导源于《庄子》和《离骚》。单就人生观与价值取向来看,屈原的热爱祖国,憎恨黑暗腐朽势力,积极要求参与政治活动、报效国家的政治抱负,庄周的浮云富贵、藐视权豪、摆脱传统束缚、张扬主体意识的精神追求,对李白的影响也是极为深刻的。除了儒家、道家这两种主导因素,在李白身上,游侠、神仙、佛禅的影子也同时存在。

本来,唐代以前,儒家、道家、佛禅以及神仙、游侠等方面的文化,均已陆续出现,并且逐渐臻于成熟;但是,很少有哪一个诗人能将它们交融互汇于

个人的整个生活。只有李白,这位一生主要活动于文化空气异常活跃的唐代开元、天宝年间的伟大诗人,完成了这种文化的综合融汇工作,将它们集于一身(参见庞朴、刘泽华主编:《中国传统文化精神》)。

当然,这里也映现了盛唐文明涵融万汇、兼容并蓄的博大气魄和时代精神。正如嵇康、阮籍等人的精神风貌反映了"魏晋风度"一样,李白的精神风貌也折射出盛唐社会特别是盛唐士子所特有的丰神气度,这是盛唐气象在精神生活方面的一个重要组成部分。

五

早在春秋时期,就有"三不朽"的说法:"太上有立德,其次有立功,其次有立言,虽久不废,此之谓不朽。"我们固然不能因为李白有过"吟诗作赋北窗里,万言不值一杯水"的诗句,就断定他并不看重立言,但比较起来,在"三不朽"中,他所奉为人生至上的、兢兢以求的,确确实实还是立德与立功。既然如此,那他为了实现创制垂法、惠泽无穷的立德,实现拯厄除难、行济百世的立功,就要为其创造必要的条件,首要的是必须拥有一定的社会地位与政治权势。

因此,他热切地期待着:"长风破浪会有时,直挂云帆济沧海",时刻渴望着登龙门,摄魏阙,踞高位。但这个愿望,对他来说,不过是甜蜜蜜的梦想,始终未曾付诸实践。他的整个一生历尽了坎坷,充满着矛盾,交织着生命的冲撞、挣扎和成败翻覆的焦灼、痛苦。从这个角度来看,他是一个道道地地的悲剧人物。

他自视极高,尝以大鹏自况:"大鹏一日同风起,扶摇直上九万里。假令风歇时下来,犹能簸却沧溟水。"认为自己是凤凰:"耻将鸡并食,长与凤为群。一击九千仞,相期凌紫氛。"与自负其长才异质相关联,他对历史上那些建不世之功、创回天伟业,充分实现其自我价值的杰出人物,拳拳服膺,倾心仰慕,特别是对他们崛起于草泽之间,风虎云龙,君臣合契,终于奇才大展的际遇,更是由衷地歆羡。

他确信,只要得遇明主,身居枢要,大柄在手,则经邦济世、治国平天下易如反掌。在他看来,这一切作为和制作诗文并无本质的差异,同样能够"日试万言,倚马可待"。显而易见,他的这些宏伟抱负,多半是基于情感的体验,而缺乏切合实际的具体构想;并且,对于政治斗争所要担承的风险和可能产生的后果,也缺乏透彻的认识,当然更谈不上有足够的思想准备。

六

李白有过两次从政的经历:天宝元年秋天,唐玄宗接受玉真公主和道士吴筠的举荐,下诏征召李白入京。这年他四十二岁。当时住在南陵的一个山村里,接到喜讯后,烹鸡置酒,高歌取醉,乐不可支。告别儿女时,写有"仰天大笑出门去,我辈岂是蓬蒿人"的诗句,可谓意气扬扬,踌躇满志。他原以为,此

去定可酬其为帝王师、画经纶策的夙愿，不料，现实无情地粉碎了他的幻想。进京陛见后，只被安排一个翰林院供奉的闲差，并没有像他想象的那样，接之以师礼，委之以重任。

原来，这时的玄宗在位已三十年，腐朽昏庸，纵情声色，信用奸佞，久疏朝政。这使李白感到万分失望。以他的宏伟抱负和傲岸性格，怎么会忍受"以俳优蓄之"的待遇，甘当一个跟在帝王、贵妃身后，赋诗纪盛、歌咏升平的文学弄臣角色呢？但就是这样，也还是"君王虽爱蛾眉好，无奈宫中妒杀人"，"谤言忽生，众口攒毁"，最后只好上疏请归，在朝仅仅一年又八个月，此后再没有回来过。

天宝十四载(755)冬天，李白正在江南漫游时，安禄山起兵反唐，次年攻陷潼关，玄宗逃往四川。途中下诏，以第十六子李璘为四道节度使、江陵郡大都督。野心勃勃的永王李璘，招募将士数万人，以准备抗敌、平定"安史之乱"为号召，率师东下，实际是要乘机扩张自己的势力。对于国家颠危破败、人民流离失所的现状，李白早已感到痛苦和殷忧。恰在此时，永王李璘兵过九江，征李白为幕佐。诗人认为，建功立业、报效国家的机会已到，于是，又一次激扬志气，充满了"欲仰以立事"的信心，在永王身上寄托着重大期望："诸侯不救河南地，更喜贤王远道来。"以为靖难杀敌、重整金瓯非永王莫属。

哪里料到，报国丹心换来的竟是一场灭顶之灾，糊里糊涂地卷入了最高统治层争夺皇权的斗争，结果是玄宗第三子、太子李亨即位，李璘兵败被杀，李白也以附逆罪被窜逐夜郎，险些送了性命。这是李白第二次从政,为时不足三个月。

尽管政治上两遭惨败,但李白是既不认输也不死心的,总想找个机会重抵政坛,锋芒再试。六十一岁这年,他投靠族叔、当涂县令李阳冰,定居于采石矶。虽然已经处于生命的尾声,但当他听到太尉李光弼为讨伐叛将史朝义带甲百万出征东南的消息,一时按捺不住心潮的狂涌,便又投书军中,表示"懦夫请缨,冀申一割之用",无奈中途病还,未偿所愿。

七

表面上看,李白两番政治上的蹉跌,都是由于客观因素,颇带偶然性质;实际上,其性格、气质、识见才决定了他在仕途上的失败命运和悲剧角色。他是地地道道的诗人气质,情绪冲动,耽于幻想,天真幼稚,放纵不羁,习惯于按照理想化的方案来构建现实,凭借直觉的观察去把握客观世界,因而在分析形势、知人论事、运筹决策方面,常常流于一厢情愿,脱离实际。

关于李白第一次从政的挫折,论者有两种看法:一种认为,玄宗召李白入京,最初很有几分看重,但很快发现他"非廊庙材",便只对其文学才能感兴趣。所以后来他要求离开,玄宗也并不着意挽留。这是说,李白并不是摆弄政治的材料。另一种认为,李白看错了人。本来,唐玄宗已不再是一个励精图治的开明君主了,而李白却仍然对他寄予莫大希望,最后当然要落空了。这又说明李白缺乏政治的眼光。可以说,两种意见是殊途而同归。

性格决定命运,浪漫敏感的诗人虽未能在政治舞台上留下身影,然而在伟大的文学史上却永恒地留下了天才的名字。

关于李白"从璘"的教训，论者一致认为，他对"安史之乱"中的全国政局看得过分严重。他在诗中写道："颇似楚汉时，翻覆无定止"；"三川北虏乱如麻，四海南奔似永嘉"，显然是违反实际的。由于对形势作出了错误的判断，行动上必然举措失当。在他看来，唐王朝应急之策是退保东南半壁江山，而永王正好陈兵长江下游，因而稳操胜券。这是他毅然"从璘"的真正原因所在。应该说，在李璘身上，他又一次犯下了不知人的错误，既未发觉其拥兵自重、意在割据的野心，更没有认识到这是一个刚愎自用，见识短浅，不足以成大事的庸才，把立功报国的希望寄托于这种角色，未免太孟浪了。

看来，一个人的政治抱负同他的政治才能、识见并不都是统一的。归根到底，李白并不是一个出色的政治家，大概连合格也谈不上。他只是一个诗人，当然是一个伟大的诗人。虽然他常常以政治家高自期许，但他并不具备政治家应有的才能、经验与素质，不善于审时度势，疏于政治斗争的策略与艺术。其后果如何，不问可知。对此，宋人王安石、苏辙、陆游、罗大经都曾有所论列。这种主观与客观严重背离、实践与愿望相互脱节的悲剧现象，在中国历代文人中并不鲜见，值得我们深长思之。

八

我以为，这种现象同儒家的积极入世的人生态度和"修身齐家治国平天下"的价值取向的影响有直接关系。儒家的祖师爷孔子，终生为求仕行道而四处奔波,席不暇暖,在别人看来无法实现的事,他也要"知其不可而为之"。这种人格精神对于后世知识分子特别是文人的影响,是至为深远的。

比起李白来,杜甫更要典型一些。他深受十三世祖杜预的影响,对于这位精通战略、博学多才、功勋卓著、有"杜武库"之称的西晋名将备极景仰。在他三十岁的时候,自齐鲁至洛阳,曾在首阳山下的杜预墓旁筑舍居留,表示自己不忘这位远祖的勋绩和要在政治上建功立业、光宗耀祖的雄心。尔后,便来到京城长安,开始了十年困守的生涯,无非是为了"立登要路津","欲陈济世策"。他曾分别向玄宗驸马张洎、奸相杨国忠的红人京兆尹鲜于仲通、河西节度使哥舒翰等一班权贵投诗干谒,请求汲引。但他也同李白一样,最后都以失望告终。

总共算起来,杜甫真正为官的时间也只有两三年,而且,官卑职小。即使如此,他也总是刻板、认真,恪尽职守,绝不怠慢从事。在任谏官左拾遗这个从八品官时,他曾频频上疏,痛陈时弊,以致上任不到半个月,就因抗疏营救房琯而触怒了肃宗皇帝。房琯为玄宗朝旧臣,原在伺机清洗之列。而杜甫却不明白个中底细,不懂得"一朝天子一朝臣"的事体,硬是坚持任人以贤、唯才是用的标准,书生气十足地和皇帝辩论什么"罪细不宜免大臣"的道理,最后险致杀身之祸,由于宰相大力援救,遭贬了事。这大概又是一个文人当不了官的实例。

可是,四百年后的陆游却为之大鸣不平:

看渠胸次隘宇宙,惜哉千万不一施。

李白与杜甫——中华诗坛上永恒的双子星座。

空回英概入笔墨，生民清庙非唐诗。

向令天开太宗业，马周遇合非公谁？

后世但作诗人看，使我抚几空嗟咨。

由于政坛失意，只能寄情于翰墨，弄得"后世但作诗人看"，这对杜甫、对许许多多诗人来说，究竟是幸还是不幸呢？

九

客观地看，李白的官运蹭蹬，也并非完全种因于政治才识的欠缺。即以唐代诗人而论，这方面的水准远在李白之下的，稳登仕进者也数不在少。要之，在封建社会里，一般士子都把个人纳入社会组合之中，并逐渐养成对社会政治权势的深深依附和对习惯势力的无奈屈从。如果李白能够认同这一点，甘心泯灭自己的个性，肯于降志辱身，随俗俯仰，与世浮沉，其实，是完全能够做个富于文誉的高官的。

可是，他是一个自我意识十分突出的人，时刻把自己作为一个自由独立的个体，把人格的独立视为自我价值的最高体现。他重视生命个体的外向膨胀，建立了一种志在牢笼万有的主体意识，总要做一个能够自由选择自己命运与前途的人。

他反对儒家的等级观念和虚伪道德，高扬"不屈己、不干人"的旗帜。由于渴求为世所用，进取之心至为热切，自然也要常常进表上书，锐身自荐，但大前提是不失去自由，不丧失人格，不降志辱身、出卖灵魂。如果用世、进取要以自我的丧失、人格的扭曲、情感的矫饰为代价，那他就会毅然决绝，毫不顾惜。

他轻世肆志，荡检逾闲，总要按照自己的意志去塑造自我，从骨子里就没有对圣主君王诚惶诚恐的敬畏心情，更不把那些政治伦理、道德规范、社会习惯放在眼里，一直闹到这种地步："李白斗酒诗百篇，长安市上酒家眠。天子呼来不上船，自称臣是酒中仙"（杜甫诗），痛饮狂歌，飞扬无忌。这要寄身官场，进而出将入相，飞黄腾达，岂不是南其辕而北其辙吗？

狂傲不羁的性格背后是仕途失意，壮志难酬的深深无奈。

十

不仅此也。正由于李白以不与群鸡争食的凤凰、抟扶摇而上九万里的大鹏自居，因此，他不屑于按部就班地参加科考，走唐代士人一般的晋身之路；他也不满足于做个普通僚属，而要"为帝王师"，以一介布衣而位至卿相，做吕尚、管仲、诸葛亮、谢安一流人物。他想在得到足够尊崇与信任的前提下，实现与当朝政治势力的合作，而且要保持一种不即不离的关系，"合则留，不合则去"，有相当大的自由度。

他在辞京还山时，吟出：

> 严陵不从万乘游，归卧空山钓碧流。
>
> 自是客星辞帝座，原非太白醉扬州。

从这里可以看出，他把自己与皇帝的关系，视为东汉

隐士严光与汉光武帝刘秀的朋友关系,而不是君臣上下的严格的隶属关系,是可以来去自由的,是彼此平等的。这类诗章,没被人罗织成"乌台诗案"之类的文网,说明盛唐时期的文化环境还是十分宽松的。如果李白生在北宋时期,那他的"辫子"可比苏东坡的粗多了。

这种想在新的历史条件下重新争得"士"的真正社会地位,在较高层次上维护知识阶层的基本价值和独立性的期望,不过是严重脱离现实的一厢情愿的幻想。李白忽略了一个基本的现实:他处身于大一统的盛唐之世,而不是王纲解纽、诸侯割据、群雄并起的春秋战国时期,同两汉之交农民起义军推翻王莽政权,未能建立起新的朝廷,南阳豪强集团首领刘秀利用农民军的成果恢复汉朝统治的形势,也大不一样。

春秋战国时期,"士"属于特殊阶层,具有特殊作用、特殊地位,那种诸侯争养士、君主竞揽贤的局面,在盛唐时期已不复存在,也没有可能再度出现。当此之时,天下承平,宇内一统,政治上层建筑高度完备,特别是开科取士已使"天下英雄尽入彀中"(唐太宗语),大多数士子的人格与个性愈来愈为晋身仕阶和臣服于皇权的大势所雌化,"游士"阶层已彻底丧失其存在条件。

李白既暗于知人,也未能明于知己,更不长于知时,"生今之世,返古之道",自然是"大道如青天,我独不得出",自然免不了到处碰壁了。即此,亦足以洞见李白的名士派头与浪漫主义的诗人气质。

十一

壮志难酬,怀才不遇,使李白陷入无边的苦闷与激愤的感情漩涡里。尽管庄子的超越意识和恬淡忘我、虚静无为的处世哲学,使李白在长安放回之后,寄情于皖南的锦山秀水,耗壮心,遣余年,徜徉其间,流连忘返;从貌似静止的世界中看出无穷的变态,把漫长的历史压缩成瞬间的过程,能够用审美的眼光和豁达的态度来看待政治上的失意,达到一种顺乎自然、宠辱皆忘的超然境界,使其内心的煎熬有所缓解;但他毕竟是一个豪情似火的诗人,只要遇到一种触媒,悲慨之情就会沛然倾泻。

史载,晋代袁宏少时孤贫,以运租为业。镇西将军谢尚镇守牛渚,秋夜趁月泛江,听到袁宏在运租船上吟诵自己的咏史诗,大加赞赏,于是把他邀请过来细论诗文,直到天明。由于得到谢将军的赞誉,从此袁宏声名大著。李白十分羡慕袁宏以诗才受知于谢尚的幸运,联想到自己怀才不遇的遭际,因而在夜泊牛渚时,触景伤情,慷慨悲吟:"登舟望秋月,空忆谢将军。余亦能高咏,斯人不可闻。"因是有感而发,显得更加凄婉动人。

他的心境是万分凄苦的,漫游秋浦,悲吟"白发三千丈,缘愁似箇长";登谢朓楼,慨叹"抽刀断水水更流,举杯消愁愁更愁";眺望横江,惊呼"白浪如山那可渡,狂风愁杀峭帆人"。"眼处心生",缘情状物,感慨随地触发,全都紧密结合着自己的境遇。

他通常只跟自己的内心情感对话,这种收视反

听的心理活动,使他与社会现实日益隔绝起来;加上他喜好大言高调,经常发表背俗违时的见解,难免遭到一些人的白眼与非议,正如他自己所言:"时人见我恒殊调,闻余大言皆冷笑",这更加剧了他对社会的反感和对人际关系的失望,使他感到无边的怅惘与孤独。《独坐敬亭山》只有二十个字,却把他在宣城时的孤凄心境绝妙地刻画出来:

众鸟高飞尽,孤云独去闲。
相看两不厌,只有敬亭山!

大约同时期的作品《月下独酌》,对这种寂寞的情怀反映得尤为深刻,堪称描写孤独心境的千秋绝唱。

花间一壶酒,独酌无相亲。
举杯邀明月,对影成三人。
月既不解饮,影徒随我身。
暂伴月将影,行乐须及春。
我歌月徘徊,我舞影凌乱。
醒时同交欢,醉后各分散。
永结无情游,相期邈云汉。

"茕茕孑立,形影相吊"。孤独,到了邀约月亮和影子来共饮,其程度之深自可想见。这还不算,甚至在以后的悠悠岁月中,也难于找到共饮之人,以致只能与月光、身影永结无情之游,并相约在那邈远的云空再见。这在孤独之上又平添了几许孤独。结末两句,写尽了诗人的踽踽凉凉之感。

"三百六十日，日日醉如泥"，显示出诗人对现实的愤懑与绝望。"处世若大梦，胡为劳其生？所以终日醉，颓然卧前楹"，可说是夫子自道。他要在醉梦中忘却痛苦，求得解脱。晚清诗人丘逢甲在《题太白醉酒图》中，对这种心境作如是解释：

天宝年间万事非，禄山在外内杨妃。

先生沉醉宁无意？愁看胡尘入帝畿。

不管怎么说，佯狂痛饮总是一种排遣，一种宣泄，一种不是出路的出路，一种痛苦的选择。他要通过醉饮，来解决悠悠无尽的时空与短暂的人生、局促的活动天地之间的巨大矛盾。在他看来，醉饮就是重视生命本身，摆脱外在对于生命的羁绊，就是拥抱生命，热爱生命，充分享受生命，是生命个体意识的彻底解放与真正觉醒。

当然，作为诗仙，李白解脱苦闷、排遣压抑，宣泄情感、释放潜能，表现欲求、实现自我的最根本的渠道，还是吟诗。正如清初文人金圣叹说的："诗者，诗人心中之轰然一声雷也。"诗是最具个性特征的文学形式。李白的诗歌往往是主观情思支配客观景物，一切都围绕着"我"的情感转。"当其得意，斗酒百篇"，"但用胸口，一喷即是"。有人统计，在他的千余首诗歌中，出现我、吾、予、余或"李白"、"太白"字样

余光中的《寻李白》有云："酒放豪肠，七分酿成月光，余下的三分啸成剑气，绣口一吐就半个盛唐。"酒让诗人有了"仙气"和"侠气"。

李白的诗歌创作带有强烈的主观色彩。

105

诗,酒,名山大川,使他的情感能量得到成功的转移,一定程度上缓解了精神上的重压。但是,际遇的颠折和灵魂的煎熬却又是最终成就伟大诗人的必要条件。以自我为时空中心的心态,主体意识的张扬,超越现实的价值观同残酷现实的剧烈冲突,构成了他的诗歌创造力的心理基础与内在动因,给他带来了超越时代的持久的生命力和极高的视点、广阔的襟怀、悠远的境界、空前的张力。

就这个意义来说,既是时代造就了伟大的诗人,也是李白自己的性格、自己的个性造就了自己。当然,反过来也可以说,他的悲剧,既是时代悲剧、社会悲剧,也是性格悲剧。

历史很会开玩笑,生生把一个完整的李白劈成了两半:一半是,志不在于为诗为文,最后竟以诗仙、文豪名垂万古,攀上荣誉的巅峰;而另一半是,寤寐思服,登龙入仕,却坎坷一世,落拓穷途,不断地跌入谷底。

具有讽刺意味的是,李白一生中最高的官职是翰林待诏,原本没有什么值得夸耀于世的,可是,在官本位的封建社会,连他的好友魏万也不能免俗,在为他编辑诗文时仍要标上《李翰林集》。好在墓碑上没有挂上这个官衔,而是直书"唐名贤李太白之墓",据说出自诗圣杜甫之手,终究是他的知音。

十三

当代著名诗人羊春秋度曲《折桂令》,为我们塑造了诗仙李白的高大形象：

> 谪仙更复酒仙。笔扫千军，鲸吸百川。力士脱靴，贵妃捧砚，至尊开宴。为寒儒添了颜面，给权贵打了气焰。屈贾哀怨，陶谢酸寒，磊落如公，谁堪比肩？

　　诗人傲睨一世，目无余子，而对于普通民众，倒显得比较可亲可近。特别是晚年，他在皖南一带结识了许多普通劳动者，像碧山的山民胡晖，五松山的田妇荀媪，宣城的酿酒工纪叟，不仅交情甚笃，而且都有诗相赠。通过他的生花妙笔，农夫田媪，牧竖樵苏，行役征人，孤孀弃妇，撑船汉，捕鱼郎，采菱女，冶铜工，都留下了鲜明的美好形象。同下层民众的接近，使他的达观阔朗的性格得以张扬，怀才不遇的苦闷和由仕途险恶所造成的心理负担，在一定程度上得到了缓解。

　　试举一例，《越女词五首》其三："耶溪采莲女，见客棹歌回。笑入荷花去，佯羞不出来。"具有清新纯朴的民间气息和活泼生动的民歌情调。

　　就此，我想到了谪居海南的苏轼。他初入儋州时，面对被目为蛮荒瘴疠之地的恶劣的自然环境，作了"必死南荒，葬身异域"的准备，情绪极为消沉。可是，在谪居地生活了一段时间之后，竟逐渐地适应了环境，交上了许多真诚的朋友。和这些善良的民众在一起，他无须乎谨言慎行，可以完全放开，自由自在，以名士本色示人，因而最后作出"风土极善，人情不恶"的结论。已经年过花甲的苏轼，在三年的放逐中，之所以能够战胜恶劣环境，克服重重困难，最后得以生还中土，重要因素之一是他从善良质朴的当地民众的热诚关怀、实际救助、衷心敬慕中获得了生

　　不管在任何地方任何环境下，都要保存一间精神小屋用于安放自己的灵魂，这很重要。

十四

李白的豪气冲霄、汪洋恣肆的诗才,他的"天子不能臣,诸侯不能制,王公大人不能凌辱"的伟岸形象和独立人格,历来为人民大众所喜爱。光是元、明、清三代上演的戏曲,就有乔梦符的《李太白匹配金钱记》,屠隆的《彩毫记》,尤侗的《清平调》,李岳的《采石矶》,无名氏的《沉香亭》、《李白捉月》等许多种。

有关他的传说与遗迹,更是遍布他到过的每个地方。我在皖南一带,接触到历代许多根据李白诗意创设的人文景观。像黟县的问余亭,歙县的碎月滩,宿松的对酌亭、饯客岭,泾县的云锦堂、凌风台、绿竹亭、踏歌岸阁,采石矶的十咏亭、横江馆、醉月斋、怀谢亭,等等,数不胜数。至于太白楼、太白书堂更是随处可见。

因为同情李白落拓终生的际遇和景慕他的人格、才华、风采,大约从唐代开始,在人民大众中就流传开了关于他跳江捉月、骑鲸归天的神话传说,并在采石矶江边堆起了他的衣冠冢。有些诗人更是踵事增华,坐实其事。唐人殷文圭即有"诗中日月酒中仙,平地雄飞上九天"之句。李东阳概括得更好:"人间未有升腾地,老去骑鲸却上天。"

不仅诗仙本人,就连与他有过交往的,人们"爱屋及乌",也都尽心竭力地保存其遗迹。我在泾县水东乡龙潭村就曾看到了汪伦的坟墓。汪伦是个隐士,在桃花潭东岸建有别墅,由于深慕李白之高风,修书相邀："先生好游乎？此地有十里桃花；先生好饮乎？此地有万家酒店。"李白见信欣然前往。汪伦解释说："十里桃花"是指十里外的桃花渡，"万家酒店"是指桃花潭西有个姓万的人开的酒店。李白听了大笑不已。在这里，诗人受到主人的热情款待："池馆清且幽"，"捶鱼列珍羞"，"酒酣益爽气，为乐不知秋"。临别时，汪伦与村民踏歌相送，依依不舍。诗仙留下传诵千古的名篇：

李白乘舟将欲行，忽闻岸上踏歌声。

桃花潭水深千尺，不及汪伦送我情。

在这里，我还听到一个有趣的真实故事：桃花潭东岸是翟村，西岸是万村，两村都争着以本村村名命名渡口，相持多日不下。后来，万村人以李白诗句"桃花潭水深千尺"为据，说千尺就是万寸，"万寸"与"万村"谐音，应叫"万村渡"为是。翟村人一听说李太白有话了，只好心服首肯。

十五

当然，众多古迹中最令人低回无尽的还是当涂的青山。这里距县城二十华里，山势盘陀，林壑幽深，溪水潺潺，风光秀美。李白"一生低首"、衷心敬服的南齐诗人谢朓在任宣城太守时曾结宅于此。青山左带丹阳湖，右面和重九登高胜地、李白曾两度登临愤抒其逐臣与黄花共苦之情的龙山隔河相对。李白死后，原葬龙山东麓。过了五十余年，生前好友范

伦之子范传正任职当地,按照诗仙"悦谢家青山"的遗愿,迁墓至青山西麓。

那天,我沐着淡淡的秋阳,专程来到青山,满怀凭吊真正的艺术生命的无比虔诚,久久地在李白墓前肃立。风摇柳线,宿草颠头,仿佛亲承謦欬,进行着一场叩问诗仙的跨越千古的无声对话。

"莫向斜阳嗟往事,人生不朽是文章。"(许梦熊《过南陵太白酒坊》)我想,亏得李白政坛失意,所如不偶,以致远离魏阙,浪迹江湖,否则,沉香亭畔、温泉宫前,将不时地闪现着他那潇洒出尘的隽影,而千秋诗苑的青空,则会因为失去这颗朗照寰宇的明星,而变得无边的暗淡与寥落。这该是何等遗憾,多么巨大的损失啊!

当然,诗仙自己并不作如是想。他临终时的"大鹏飞兮振八裔,中天摧兮力不济"的哀歌,最鲜明不过地表现出那种双目至死难瞑的深悲巨痛,闻之令人心酸气噎。1200多年过去了,三尺孤坟里面,就这样埋下了一具凄怆愤懑,郁结难平,永恒飞扬、躁动的不灭的诗魂!

最近有一本《我平庸,我快乐》被许多人摆上了案头,作者在书中描述自己女儿成长中的许多趣味琐事,由衷地表达了希望自己的女儿能够拥有庸常而快乐的人生,并因此认为"追求为痛苦之源,平庸为快乐之本"。读完本文,结合李白的传奇人生经历,你是如何看待这个观点的呢?

沧桑无语

110

寂寞濠梁

一

从小我就很喜欢庄子。

这里面并不包含着什么价值判断，当时只是觉得那个古怪的老头儿很有趣。庄子是一位名副其实的"故事大王"，他笔下的老鹰、井蛙、蚂蚁、多脚虫、龟呀、蛇呀、鱼呀，都是我们日常所能接触的，里面却寓有深刻的人生哲理。他富有人情味，渴望普通人的快乐，有一颗平常心，令人于尊崇之外还感到几分亲切。

不像孔老夫子，被人抬到了吓人的高度。孔夫子是圣人，他的弟子属于贤人一流。连他们都感到，这位老先生"仰之弥高，钻之弥深，瞻之在前，忽焉在后"，带有一种神秘感，说"夫子之墙数仞，不得其门而入"，我们这些庸常之辈就更是摸不着门了。老子也和庄子不一样，知雄守雌，先予后取，可说达到了众智之极的境界。但一个人聪明过度了，就会给人以权诈、狡狯的感觉；而且，一部《道德经》多是为统治者立言，毕竟离普通民众远了一些。

若是给这三位古代的哲学大师来个形象定位，我以为，孔丘是被"圣化"了的庄严的师表，老聃是智

庄子（约前369—前286），名周，战国时宋国蒙（今安徽蒙城）人。道家学派的代表人物，老子哲学思想的继承者和发展者。

一下子拉近了我们与庄子的距离，趣味盎然。

者形象,庄周则是一个耽于狂想的浪漫派诗人。

老子也好,孔子也好,精深的思想,超人的智慧,只要认真地去钻研,都还可以领略得到;可是,他们的内心世界、个性特征,却很不容易把握。这当然和他们的人格面具遮蔽得比较严实,或者说,在他们的著作中自身袒露得不够,有直接关系。特别是老子,五千言字字珠玑,可是,除去那些"微言大义",其他就"无可奉告"了。

庄子却是一个善于敞开自我的人。尽管两千多年过去了,可是,当你打开《庄子》一书,就会觉得一个鲜活的血肉丰满的形象赫然站在眼前。他的自画像是:"思之无涯,言之滑稽,心灵无羁绊。"他把生活的必要削减到了最低的程度,住在"穷闾陋巷"之中,瘦成了"槁项黄馘",穿着打了补丁的"大布之衣",靠打草鞋维持生计。但他在精神上却是万分富有的,他"独与天地精神相往来",万物情趣化,生命艺术化。他把身心的自由自在看得高于一切。

他厌恶官场,终其一生只做过一小段"漆园吏"这样的芝麻绿豆官。除了辩论,除了钓鱼,除了说梦谈玄,每天似乎没有太多的事情可干。一有空儿就四出闲游,"乘物以游心",或者以文会友,谈论一些不着边际的看似无稽、看似平常却又富有深刻蕴涵的话题。

一天,庄子和他的朋友惠施一同在濠水的桥上闲游,随便谈论一些感兴趣的事儿。

这时,看到水中有一队白鱼晃着尾巴游了过来。

庄子说:"你看,这些白鱼出来从从容容地游水,这是鱼的快乐呀!"

沧桑无语

惠施不以为然地说:"这就怪了,你并不是鱼,怎么会知道它们的快乐呢?"

庄子立刻回问一句:"若是这么说,那你也不是我呀,你怎么会知道我不晓得鱼的快乐呢?"

惠施说:"我不是你,当然不会知道你了;你本来就不是鱼,那你不会知道鱼的快乐,理由是很充足的了。"

庄子说:"那我们就要刨刨根儿了。既然你说'你怎么知道它们的快乐',说明你已经知道我晓得了它们,只是问我从哪里知道的。从哪里知道的呢?我是从濠水之上知道的。"

还有一次,庄子正在濮水边上悠闲地钓鱼,忽然,身旁来了两位楚王的使者。他们毕恭毕敬地对庄子说:

见《庄子·秋水第十七》"钓于濮水"。

"老先生,有劳您的大驾了。我们国王想要把国家大事烦劳您来执掌,特意派遣我们前来请您。"

庄子听了,依旧是手把钓竿,连看他们都没有看一眼,说出的话也好像答非所问:

"我听说,你们楚国保存着一只神龟,它已经死去三千年了。你们的国王无比地珍视它,用丝巾包裹着,盛放在精美的竹器里,供养于庙堂之上。现在,你们帮我分析一下:从这只神龟的角度来看,它是情愿死了以后被人把骨头珍藏起来,供奉于庙堂之上呢? 还是更愿意像普通的龟那样,在泥塘里快快活活地摇头摆尾地随便爬呢?"

两位使者不假思索地同声答道:"它当然愿意活着在泥塘里拖着尾巴爬了。"

庄子说:"说得好,那你们二位也请回吧。我还

是要好好地活着,继续在泥塘里拖着尾巴爬的。"

你看,庄子就是这样,善于借助习闻惯见的一些"生活琐事"来表述其深刻的思想。他的视听言动,以及人生观、价值观,都在《庄子》一书中得到了充分的展示。虽说"寓言什九",但都切近他的"诗化人生",活灵活现地画出了一个超拔不羁、向往精神自由的哲人形象,映现出庄子的纵情适意、逍遥闲处、淡泊无求的情怀。

就这方面来说,这两段记述是很有代表性的。后来,人们就把它概括为"濠梁之思"。而在崇尚超拔的意趣、虚灵的胸襟的魏晋南北朝人的笔下,还有个更雅致的说法,叫做"濠濮间想"。典出南朝宋刘义庆的《世说新语》:晋简文帝到御花园华林园游玩,对左右侍从说:"令人领悟、使人动心之处不一定都在很远的地方,你们看眼前这葱葱郁郁的长林和鲜活流动的清溪,就自然会联想到濠梁、濮水,产生一种闲适、恬淡的思绪,觉得那些飞鸟、鸣禽、走兽、游鱼,都是要主动前来与人亲近的。"

东坡居士曾有"乐莫乐于濠上"的说法,可见,他对这种体现悠闲、恬淡的"濠濮间想",是极力加以称许并不懈追求的。只是,后人在读解"乐在濠上"和"濠濮间想"时,往往只着意于人的从容、恬淡的心情,而忽略了"翳然林水"和"鸟兽禽鱼自来亲人"这物我和谐、天人合一的自然环境。

作为赋性淡泊、潇洒出尘的庄周与苏轼,认同这种情怀,眷恋这种环境,应该说,丝毫也不奇怪。耐人寻味的是,素以宵衣旰食、劬劳勤政闻名于世的康熙皇帝,竟然也在万机之暇,先后于京师的北海和承德避暑山庄分别修建了"濠濮间"和"濠濮间想"的同名景亭，反映他对那种淡泊、萧疏的闲情逸致和鱼鸟亲人的陶然忘机也持欣赏态度。<u>这是否由于他久住高墙深院，倦于世网尘劳，不免对林泉佳致生发一种向往之情，所谓"久在樊笼里，复得返自然"</u>呢？

据唐人成玄英的《庄子》注疏，濠梁在淮南钟离郡，这里有庄子的墓地。后人还建了濠梁观鱼台，其地在今安徽凤阳临淮关附近。去岁秋初，因事道经凤阳，我乘便向东道主提出了寻访庄、惠濠梁观鱼遗址的要求，想通过体味两位古代哲人观鱼论辩的逸趣，实地感受一番别有会心的"濠濮间想"。

没料到，这番心思竟引发了他们的愕然惊叹。他们先问一句："可曾到过明皇陵和中都城？"看我摇了摇头，便说，这两大名城胜迹都在"濠梁观鱼"附近，失之交臂，未免可惜。看得出来朋友们的意思：抛开巍峨壮观、享誉中外的风景热线不看，却偏偏寄情濠上，去寻找那类看不见、摸不着的虚无缥缈的东西，岂不是"怪哉，怪哉"！为了不辜负他们的隆情盛意，首先安排半天时间，看了这两处明代的古迹。

二

原来，凤阳乃明朝开国皇帝朱元璋的家乡，又是他的龙兴故地。因此，在这里随处可见这位"濠州真人"的龙爪留痕。街头充斥着标有"大明"、"洪武"字样的各种店铺的广告、招牌，甚至菜馆里的酿豆腐都注明当年曾是朱皇帝的御膳。还有凤阳花鼓，更

质性自然，非矫厉所得。

115

是闻名遐迩，不容小视。

听说，朱元璋虽然平素并不喜欢娱乐，却于故乡的花鼓戏情有独钟，自幼就喜欢哼哼几句。位登九五之后，凤阳的花鼓队曾专程前往帝都金陵祝贺。皇上看了，乐不可支，特颁旨令："一年三百六十天，你们就这么唱着过吧！"这些人得了圣旨，自是兴高采烈，一年到头唱个没完，结果，人们都不再肯去出力种地。特别是由于连年修皇陵、建都城，劳役繁兴，造成土地荒芜，黎民无以为生。于是，花鼓戏最后唱到了皇帝老倌头上：

> 说凤阳，道凤阳，凤阳本是好地方。
> 自从出了朱皇帝，十年倒有九年荒。
> 大户人家卖骡马，小户人家卖儿郎。
> 奴家没有儿郎卖，身背花鼓走四方。

这里就牵涉到两处工程浩巨的"皇帝项目"：一是明代初年的中都城，一是朱元璋为其父母修建的皇陵。

朱元璋早在正式称帝之前，即尚在吴王位上，就命令刘伯温卜地择吉，建新宫于金陵钟山之阳，都城周长达五十余里。两年后即皇帝位，定鼎应天府，是为南京。不久，却又改变了主意，觉得虽说金陵为帝王之州，钟阜龙蟠，石城虎踞，但其地偏于一隅，对控制全国政局特别是征抚北方不利；因而圣驾亲临开封巡幸，准备在那里建都，作为北京。后经反复比较，仔细勘察，认为开封虽然从战国到北宋多次做过帝都，但是，经过长期战乱，城内生民困顿，人烟稀少,而且四面受敌,无险可守,也不是很理想的地方,于是打消了迁都于此的念头。第二年,朱元璋又就这一悬而未决的问题召集群臣计议,最后拍板定案,在家乡凤阳建都,是为中都城。

据史料记载,修建中都城整个工程大约动用工匠9万人,军士14万人,民夫四五十万人,罪犯数万人,移民近20万人,加上南方各省、府、州、县和外地卫、所负责烧制城砖的工匠、军匠,各地采运木料、石材、供应粮草的役夫,总数达百万之众。至于耗费的资财,已无法统计。经过六年的苦心经营,各项主体建筑已经基本完成。但是,就在即将竣工的前夜,由于各方面怨声载道,众谋臣一再进谏,为了不致激起民变,朱元璋才以"劳费"为由下令中止。经过600多年的沧桑变化,而今城池、宫阙已经多半倾圮。但是,登高俯瞰,依然可以感受到它气象的闳阔和宫观的壮伟。

皇陵工程也是在洪武二年(1369)始建的,历时九年完成。主要建筑有皇城、砖城、土城三道。皇城周长75丈,内有正殿、金门、廊庑、碑亭、御桥、华表和位于神道两侧长达250多米的石雕群像;砖城、土城周长各为3公里和14公里。现在,石雕群基本完好,刻工精细,壮丽森严,表现了明初强盛时期的恢弘气魄和劳动人民的高度智慧。

历史留给后人的,毕竟只是创造的成果,而不是血泪交迸的创造过程。尽管当时的异化劳动是非人的,但异化劳动的成果却是动人的;在这里,劳动者创造的辉煌昭昭地展现出来,而辉煌的背后却掩饰了反动统治者的暴政与凶残。作为文物,自有其不朽价值;可是,就个人兴趣和思想感情来说,我却觉得嗒然无味。

说句心里话,对于明太祖朱元璋,我一向没有好感。这当然和他是一个阴险毒辣、残酷无情的政治角色有直接关系。他是一个典型的实用主义者,对人对事都是如此。眼下对我有用,眼下我觉得有用,三教九流、鸡鸣狗盗之徒我都兼容并蓄;一朝觉得你构成了威胁,不管是谁,照杀不误。他在位31年间,先后兴动几起大狱,牵连了无数文武臣僚,被诛杀者不下四五万人。大案之外,与他共同开基创业并身居显位的一代功臣名将,或被明令处置,或遭暗中毒害,除了主动交出兵权率先告老还乡的信国公汤和等个别人,其余的都没有得到善终。

号称"开国功臣第一"的徐达也是濠州人,故里就在濠梁附近。自幼跟随朱元璋身经百战,出生入死,曾经九佩大将军印,刚毅勇武,功高盖世,先后封信国公、魏国公,并和皇上做了儿女亲家。太祖曾赞誉他:"受命出征,成功凯旋,不骄不夸,不近女色,也不取财宝,正直无瑕,心昭日月。"因为他功劳大,太祖要把自己当吴王时的旧宫赐予他,徐达固辞不受。有一次,他们一起饮酒,醉后,太祖叫人把他抬到自己的御榻上,徐达醒后吓得连连请罪。以后,太祖又对他进行过多次试探,表明其提防之严,猜忌之深。

这更加重了徐达的心理负担,整天紧张惶悚,有临深履薄之惧,以致气郁不舒,渐成痈疽。经过一年调治,病势逐渐好转。突然传来圣旨:皇上赐膳问安。家人打开食盒一看,竟是一只蒸鹅,徐达顿时泪流满面。原来,太医早就告诫:此为禁食之物,否则

相比于赵匡胤"杯酒释兵权",朱元璋较"暴力"地清除权臣,以巩固政权。

沧桑无语

命将不测。但是,君命难违,只好含悲忍泣吞食下去,几天后终于不起(据明人徐祯卿《翦胜野闻》)。

清代著名史学家赵翼说,明太祖"借诸功臣以取天下,及天下既定,即尽举取天下之人而尽杀之,其残忍实千古所未有"。为什么要这样做?雄猜嗜杀,固其本性,但主要还是出于巩固"家天下"的政治需要。

据查继佐《罪惟录》载,明初,太子朱标不忍心看着众多功臣受戮,苦苦进谏,太祖沉吟不语。第二天,把太子叫过去,让他把一根浑身带刺的枣枝用手举起来,朱标面有难色。于是,太祖说道:"这满是棘刺的树枝,你是无法拿起来的。我现在正在给你削掉棘刺,打磨光滑,岂不是好?"

一席私房话,和盘托出了太祖的心机:为了朱家王朝的"万世一系",不惜尽诛功臣,以绝后患。结果杀得人人心寒胆战,不知命丧何时。在这种极度残酷的血雨腥风中,皇权看似稳定了,皇室独尊的威势也建立了起来,但国脉、民气已经大大斫丧,人心也渐渐失去了。

明朝开国功臣许多都是朱元璋的同乡,他们来自淮西,出身寒苦,后来饱尝胜利果实,构成了一个实力雄厚的庞大的勋贵集团,所谓"马上短衣多楚客,城中高髻尽淮人"(明人贝琼诗句。"短衣"代指武将,淮西古属楚地)。这些能征惯战、功高震主的开国勋戚,自幼羁身戎幕,出入卒伍之间,一意血战疆场,没有接受知识文化、研习经史的条件。尽管靠近庄子的濠梁观鱼台,但我敢断言,不会有谁关注过什么"濠濮间想",也不懂得庄子讲过的"膏火自煎"

（油膏引燃了火，结果反将自己烧干）、"山木自寇"（山木做成斧柄，反倒转来砍伐自己）的道理。他们的头脑都十分简单，最后在政治黑幕中扮演了人生最惨痛的悲剧角色，照旧也是懵里懵懂，糊里糊涂。

司马迁在《史记》中曾记下了这样一件事：楚王听说庄子是个贤才，便用重金聘他为相。庄子却对使者说："你看到过祭祀用的牛吗？平日给它披上华美的衣饰，喂的是上好的草料，等到祭祀时就送进太庙，作为牺牲把它宰掉。到那时候，牛即使后悔，想做个孤弱的小猪崽，还能做得到吗？"

历史是既成的事实，不便假设，也无法假设；但后来者不妨作某些猜想。假如那些身居高位、享禄万钟、最后惨遭刑戮的明初开国功臣，有机会读到庄子的这番话，那又该是怎样一种滋味涌上心头呢？

三

皇城与濠上，相去不远，却划开了瑰伟与平凡、荣华与萧索、有为与无为、威加海内与潇洒出尘的界限，体现了两种截然不同的意蕴与情趣。

遥想洪武当年，金碧辉煌的皇陵、帝都，该是何等壮观，何等气派。与之相较，庄子的濠上荒台，冢边蔓草，却显得寂寞清寒，荒凉破败，而且恍兮忽兮，似有若无。但是，就其思想价值的深邃和美学意蕴的丰厚来说，二者也许不可同日而语。所以，尽管当地朋友一再说，两千多年过去了，时移事异，陵谷变迁，有关庄子的遗迹怕是什么也没有了，看了难免失望，可是，我却仍然寄情濠上。

　　我觉得,作为一种艺术精神,它的生命力是恒久的。庄子的思想,也包括"濠濮间想"之类的意绪,属于隐型文化,它与物质文明不同。它的魅力恰恰在于能够超越物象形迹,不受时空限隔。比如庄、惠濠梁观鱼的论辩中所提出的问题,看起来似乎十分简单,实际上却涉及认识方法、逻辑思维、艺术哲学、审美观念等多方面的重要课题,同时也把两位大哲学家的情怀、观念和性格特征鲜明地表现了出来。

　　庄子是战国时人,大约出生于公元前369年,卒于公元前286年,属于上寿。要论他的才智,在当时弄个一官半职,混些功名利禄,可说是易如反掌。无奈他脾气过于古怪,始终奉行他的"不为有国者所羁"的清虚无为的立身哲学,也看不惯官场的钻营奔兢、尔虞我诈的污浊风气,因而穷困了一生,寂寞了一生。

　　也正因为这样,他才能对当时黑暗的现实保持清醒的认识,才敢于呼号,敢于揭露,无所畏惧。因而,他的生活也是自由闲适、无住无待的,正如他自己所言,"就薮泽,处闲旷,钓鱼闲处,无为而已矣"。濠梁观鱼,正是他的这种闲适生活的真实写照。

　　要之,"濠濮间想",有赖于那种悠然忘我的情怀和幽静孤寂的心境。这种情怀和心境,不要说雄心勃勃、机关算尽的朱元璋者流不可能拥有,就连敏于事功、多术善辩、整天奔走于扰攘红尘中的惠施,也如隔重城,无从体认。

　　惠施是庄子最亲密的朋友,也是他的最大的论敌。论才学,庄、惠可说是旗鼓相当,两个人有些思想也比较相近;但就个性、气质与价值取向来说,却是大相径庭的。因此，他们走到一处，就要争辩不已，抬杠没完。一部《庄子》，记下了许多直接或间接批驳惠子的话。但是，由于他们是"对事不对人"的，因而，并未妨碍彼此成为真诚的朋友。惠子病逝，庄子前往送葬，凄然叹息说："先生这一死，我再也没有可以配合的对手了，再也没有能够对话的人了！"他感到无限的悲凉，孤寂。

当然，他们的分歧与矛盾还是特别鲜明的。《庄子·秋水》篇记下了这样一个故事：惠子做了梁国的宰相，庄子打算去看望他。有人便告诉惠子："庄子此行，看来是要取代你老先生的相位啊。"惠子听了很害怕，就在国内连续花了三天三夜搜寻庄子。到了第四天，庄子却主动前来求见，对惠子说：南方有一种鸟叫鹓雏，它从南海飞到北海，一路上不是梧桐不栖止，不是竹实不去吃，没有甘泉它不饮。当时，飞过来一只猫头鹰，嘴里叼着一只腐烂的老鼠，现出沾沾自喜的样子。忽然发现鹓雏在它的上方飞过，吓得惊叫起来，惟恐这只腐鼠被它夺去。现在，你是不是也为害怕我夺取你的相位而惊叫呢？

另据《淮南子·齐俗训》记载，一次，庄子在孟诸垂钓，恰好惠子从这里经过，从车百乘，声势甚为煊赫。庄子看了，十分反感，便连自己所钓的鱼都嫌多了，一齐抛到水里。表现了他"不为轩冕肆志"，对当权者飞扬之势的轻蔑态度。

由于他高踞于精神之巅来俯瞰滚滚红尘，因而能够看轻俗人之所重，也能够看重一般人之所轻。他追求一种"逍遥于天地之间而心意自得"的悠然境界，不愿"危身弃生以殉物"，不愿因专制王权的羁縻而迷失自我、葬送身心的自由。

在濠上，庄子与惠子分别以两种不同的身份、不同的视角去看游鱼。惠子是以智者的身份，用理性的、科学的眼光来看，在没有客观依据的情况下，他不肯断定鱼之快乐与否。而庄子则是以具有浪漫色彩的诗人身份，从艺术的视角去观察，他把自己从容、悠闲的心情移植到了游鱼的身上，从而超越了鱼与"我"的限隔，达到了物我两忘、主客冥合的境界。

《庄子·齐物论》中记述了一个"梦为蝴蝶"的寓言，同样体现了这种超越主客界线、实现物我两忘的特征。寓言说：前些时候，我（庄子）曾做过一个梦，梦见自己变成了一只蝴蝶，在花丛中高高兴兴地飞舞着，不知道自己是庄周了。一忽儿，醒过来，发现自己仍是形迹分明的大活人。不觉迷惑了半晌：到底是我做梦变成了蝴蝶呢？还是蝴蝶做梦变成了我？

即"庄周梦蝶"的故事。

物我两忘的结果是客体与主体的合而为一。从美学的角度来剖析，观赏者在兴高采烈之际，无暇区别物我，于是我的生命和物的生命往复交流，在无意之中我以我的性格灌输到物，同时也把物的姿态吸收于我。我和物的界线完全消灭，我没入大自然，大自然也没入我，我和大自然连成一气，在一块生展，在一块震颤（朱光潜语）。

情趣，原本是物我交感共鸣的结果。庄子把整个人生艺术化，他的生活中充满了情趣，因而向内蕴蓄了自己的一往深情，向外发现了自然的无穷逸趣，于是，山水虚灵化了，也情致化了，从而能够以闲适、恬淡的感情与知觉对游鱼作美的观照，或如康德所

性格决定人生是消极的，境界决定人生是积极的。生命的偶然性要以感恩的心来对待，生命的短暂性要以向死而生的心境来对待。

123

说的进行"趣味判断"。而惠子则异于是,他所进行的是理智型的解析,以他的认识判断来看庄子的趣味判断,所以就显得扞格不入。

在这里,"通感"与"移情"两种心理作用是必不可少的。有了"通感",人与人之间的心灵沟通,人与物之间的冥然契合,才具备了可能性;而通过"移情",艺术家才能借助自己的感知和经验来了解外物,同时又把自己的情感移到外物身上,使外物也仿佛具备同样的情感。

这类例证是举不胜举的。比如,在凤阳街头我看到一幅联语:"华灯一夕梦,明月百年心。"内容十分深刻,涵盖性很强。但是,何以华灯如梦、明月有心?为什么它们也具有人的思维和情感?原来,诗人在这里用了以我观物的"移情"手法。正是在这个意义上,诗人阿米尔说,一片自然风景就是一种心情。

四

见我执意要去濠梁,主人便请来一位文史工作者为向导。车出凤阳城,直奔临淮关,来到了钟离故地。我记起了200多年前著名诗人黄景仁题为《濠梁》的一首七律:

谁道南华是僻书?眼前遗躅唤停车。
传闻庄惠临流处,寂寞濠梁过雨余。
梦久已忘身是蝶,水清安识我非鱼。
平生学道无坚意,此景依然一起予。

当时黄景仁年仅二十四岁，与诗人洪稚存同在安徽学政朱筠幕中。他在这年初冬的一场雨后凭吊了濠梁"遗躅"，写下了这首诗。

《南华经》就是《庄子》。"僻书"云云，引自《唐诗纪事》：令狐绹曾就一个典故向温庭筠请教，温说："事出《南华》，非僻书也。"诗的头两句是说，谁说《庄子》是罕见、冷僻的书籍呢？（里面的遗迹随处可见）眼前，我就碰上了一处，于是，赶紧召唤把车子停了下来。颔联交代地点、时间：这里就是传说中的庄子、惠子濠梁观鱼处；一场冷雨过后，石梁上杳无人迹，显得很寂寞、荒凉。颈联通过《庄子》中庄蝶两忘、鱼我合一的两个典故（后一句还反其意地暗用了"水至清则无鱼"的成语），来抒写自己的感慨，是全诗的意旨所在。结尾两句是说，尽管我平素缺乏坚定的学道意念，但依然觉得此情此景对自己有深刻的启发。

这时，忽见一道溪流掠过，上有石梁飞架，我忙向向导问询：这就是濠梁吧？他摇了摇头。没过五分钟，眼前又现出类似的景观，我觉得很合乎意想中的庄、惠观鱼的场景，可是一打听，仍然不是。向导笑说：这种心情很像刘玄德三顾茅庐请诸葛，见到崔州平以为是孔明，见到石广元、孟公威以为是孔明，见到诸葛均、黄承彦以为是孔明，足见向往之急、思念之殷。想不到"寂寞濠梁"竟有如此巨大的吸引力，真使我这个东道主感到自豪。一番妙喻，博得车上人们纵声欢笑。

突然，汽车戛然煞住，原来，"庄惠临流处"就在眼前。

但是,不看还好,一看果真是十分失望。濠水滔滔依旧,只是太污浊了。黝黑的浊流泛着一层白色的泡沫,寂然无声地漫流着。周围不见树木,也没有鸣虫、飞鸟,看不出一丝一毫"诗意的存在"。庄周墓地也遍寻未得,连这位专门从事文史研究的向导也茫然不晓。

我想,当年如果面对的竟是这样的浊流污水,这样令人沮丧的生态环境,庄老先生不仅无从看到"儵鱼出游从容"的怡然景色,怕是连那点恬淡、闲适的心境也要荡然无存了。自然,后世就更谈不上赏识那种鱼鸟亲人、陶然忘机的"濠濮间想"。

"杨柳散和风,青山澹我虑。"这是古代诗人的审美观照。而现代人则往往从理性的构想,从实用性、功利性的角度来看待自然:郁郁苍苍的森林无非是木材的供应基地;一条奔腾不息的河流,有可能成为带动涡轮机转动的能源;层峦叠嶂会带来开矿探宝的希望;鸣禽在树,野兔穿林,都是餐桌上的美味,人们可以大快朵颐。

"何处是归程?长亭更短亭。"正如尼采所形容的:"我们离开了陆地,乘船航行,我们把身后的桥梁——不仅仅是桥梁,连同整个陆地都给切断了。于是,方始惊呼:小船啊,你可要加倍留神啊!"是的,通向大自然的桥梁已经被我们自己割断,——大自然母亲已经被她的儿女们污染得面目全非。最后,当回归自然的种种向往在现实中都一一落空时,大概人们就只好钻进"觉鸟兽禽鱼自来亲人"之类的古代诗文中,或者跑到艺术的梦幻世界里去寻觅了。

沧桑无语

126

凉山访古

一

凉山彝族自治州的首府西昌，古称邛都。这在《史记·司马相如列传》中，早有记载。

原来，司马相如对于开发祖国西南边疆，促进这一带少数民族地区同中原腹地的经济、文化交流，做出过重要的贡献。可是，过去人们只知道他是一位才华盖世、辞赋出色当行的文学大家，又是一个"忒煞情多"的风流种子。他曾偕同美女卓文君私奔，家贫，文君当垆卖酒，相如着犊鼻裈涤器于市，传为千古风流韵事。他还替那位被打入冷宫的陈皇后写过一篇《长门赋》，希望引起汉武帝重念旧情，回心转意。为此，作赋人得到了百斤黄金的酬报。寥寥千余字，却换来这么多的金子，这个"润笔"可不算低了，只是，那篇赋却并未取得预期的效果。

我们且把时光拉回到公元前 130 年（西汉元光五年）。当时，汉武帝派遣唐蒙出使夜郎（今贵州西部一带）。这是僻处西南边疆的一个部族，四周高山环绕，与中原素无来往。部族首领竹多同从来没有到过其他地方，根本不了解外面的世界，以为夜郎是天底下最大的国家。当下便问唐蒙："你们汉朝，有

西昌位于四川省西南部安宁河谷地区。

司马相如（约公元前179年—前118年），字长卿，成都人，西汉辞赋家，其代表作品为《子虚赋》。

出自元代诗人赵孟頫的《我侬词》："你侬我侬，忒煞情多，情多处，热如火。"

犊鼻裈（dú bí kūn），亦作"犊鼻裩"，省作"犊鼻"、"犊裩"。意为短裤。涤（dí）：洗刷。指司马相如洗刷酒器后，以此典比喻文人寒士贫困落魄。

127

我们夜郎大吗?"从此留下了"夜郎自大"的话柄。及至他们见到唐蒙带来的丰盛礼品,才大开了眼界。唐蒙乘便宣传了汉朝的地大物博,文明强盛,使夜郎及其附近的诸多部落深感向慕,表示愿意归附。

签订了盟约之后,唐蒙返回长安,向武帝报告了结交夜郎等部族的经过。武帝便把这些地方改为犍为郡,并指令唐蒙负责修筑一条通往这些地方的大路和栈道。为此,唐蒙在巴蜀地区大肆征集人力。由于工程浩大而且艰巨,士兵和民夫死伤了不少,一时谣言四起,蜀郡民众纷纷出逃避难。消息传到朝廷,汉武帝便派遣以《子虚》、《上林》两赋受到赏识的司马相如为特使,前往安抚百姓,纠正唐蒙的阙失。

司马相如入蜀后,写了一篇《喻巴蜀檄》,讲明朝廷沟通"西南夷"和筑路的意义,说这是从整个国家利益出发,为了解决"道里辽远,山川阻深"的困难。而唐蒙的一些做法,"皆非陛下之意",希望各地仰体圣衷,免除惊恐。司马相如是个有心人,在妥善处理这起案件,圆满完成出使任务的同时,顺便对西南少数民族地区的情况及其与内地的关系,做了比较详尽的调查。

夜郎的归附产生了很好的影响,邛都、筰都(今四川西昌及雅安、汉源一带)的一些部落也都想比照夜郎的待遇归附称臣。当时,对于"沟通西南夷"是否必要,朝中一班人的看法并不一致,汉武帝首先征询了司马相如的意见。相如胸有成竹地回答说:邛、筰等地和蜀郡(今成都)相去不远,道路也不难打通。那里,秦代曾置为郡县,到本朝建国时才罢除。现

邛(qióng)都,古国名。西汉元鼎六年(公元前111年)以邛都夷地置,治今四川西昌市东南。筰(zuó)都,古部族名。主要分布于今四川雅安和凉山地区。

在,若能再度与之沟通,进而设郡置县,其价值是远胜"南夷"诸国的。汉武帝听了,深以为然,便拜封司马相如为中郎将,委之以全权处理有关"西南夷"事务的使节重任。

司马相如带着一批助手,很快地来到今四川西部、南部少数民族地区,与当时的邛、笮、冉、骁、斯榆等部落,进行了广泛的交往,各少数民族部落的首领都表示愿意归附汉朝。从而撤去了旧时的边关,西边以沫水、若水为界,南边扩大到牂牁,打通了零关道,修筑了孙水桥。"还报天子,天子大悦。"紧接着,汉朝就在这里设置了十几个县,全部隶属蜀郡。相如出发前,曾针对蜀地父老和某些朝廷大臣反对开通西南边疆的意见,写过一篇《难蜀父老》的辩难文字,假托有 27 名荐绅、耆老对"通西南夷"提出责难,从而引出作者的正面阐释与答辩。文中阐明了这一举措的深远意义,同时,对外宣扬了西汉王朝的偃甲兵、息诛伐、德泽广被、教民化俗的政策,取得了很好的效果。

> 荐绅,缙绅。荐,通"缙"。指有官职或做过官的人。

二

从这里可以知道,早在 2 100 多年前,大、小凉山一带即已划入中央政府的辖区,此间住着彝(当时称"夷")、汉、藏等民族,此其一;其二,封建王朝对于少数民族的策略是"羁縻勿绝",即只在牵制而并非灭绝;其三,凉山地区处于西南边疆的要冲,自古就形成了"邛通则路通,邛阻则路阻"的局面。

因此,打通凉山,历朝历代都受到官府和民间的

重视。其地与蜀郡的沟通,尽管官方往来"至汉兴而罢",但民间商贾贸易始终未曾隔断,并不是"尔来四万八千岁,不与秦塞通人烟"。先后开通的邛筰道、牦牛道、清溪道、西川道等,尽管称谓不同,但其为横跨大、小凉山的通道则无异。它们北接巴蜀,南连滇越,最后全部汇入古代有"南方丝路"之誉的"蜀身毒道"。

说到南方丝绸之路,人们会联想到那条东起长安,经河西走廊通往中亚、西亚以及欧洲、北非的西北丝绸之路;记起那位与司马相如同时代的"凿空"西域、开拓中西交通的先驱者张骞。

这位 2 000 多年前的伟大的外交家、探险家,曾两次出使西域,以其不畏艰险、不怕牺牲的精神,为加强我国各民族的联系,促进民族间的融合,扩大中外友好往来,经略西部疆域,耗费了毕生的精力。这是许多人都知道的。但是,对于他还曾为开发祖国西南边疆,特别是疏通南方丝绸之路做过贡献这一点,知道的恐怕就不是很多的了。

据《史记·西南夷列传》和《大宛列传》记载,张骞第一次出使西域归来后,于西汉元狩元年(公元前122 年)曾对汉武帝讲,他在大夏国(今阿富汗一带)见到过蜀地生产的麻布和邛都之竹所作的手杖,询其来路,据云乃当地商人从身毒(今印度、巴基斯坦、孟加拉国一带),直至今日在中国南方一些方言(例如闽南语)仍保留了这种发音。这是华夏文明古代对印度地区的称呼之一。采购的。大夏国位居中国西南,距离约一万二千里,身毒又在大夏东南数千里。此间既然有蜀地产物,推想自"西南夷"地区通

身毒,依照古语发音接近 sin do 或 shin do。

沧桑无语

130

往身毒,路程一定不会太远。鉴于西域一路险阻颇多,建议打通从巴蜀经"西南夷"地区直通身毒、大夏的通道。汉武帝当即采纳了这个意见。派遣使官十余人,带着财物,分四路深入蜀西南地区,探寻通往身毒的道路。可惜,多次派出的使者,均在现今的云南大理一带受阻,最后无功而还。

继张骞之后,杰出的军事家班超先后在西域奋斗三十一载,巩固了东汉在西域的统治,维护了祖国的统一。

无独有偶,与两位军事家开发西域相对应,经略西南边疆的,竟是两位杰出的文学家。踵步司马相如后尘,西汉元鼎六年(公元前111年),伟大的史学家司马迁以汉武帝侍从官身份,奉命出使邛、笮、昆明等地,既建立了事功,又掌握了西南各少数民族的大量资料,为日后撰写《西南夷列传》创造了条件。

看来,武将和文人不仅功业迥然不同,而且,"鸿爪留痕"也大相歧异。也许真的应了"千秋定国赖戎衣"这句话,西域沟通之后,同中原地区的经济、文化交流日益频繁,内地的先进生产技术在西域得到广泛推广,丝绸、漆器等大量手工业品源源流入西域;同时,西域的葡萄、苜蓿、胡萝卜以及骆驼、良马等物种也传入内地,尤其是那里的音乐、舞蹈,对汉民族文化的发展产生了积极的影响。

相比之下,西南边疆地区的发展及其与内地的联系就差得太远了。由于交通阻塞,那里并未从根本上扭转其封闭状态。结果,在西北丝绸之路上,张骞有碑,班超有城,青史标名,万人仰颂。可是,在西南地区却没有见到过"两司马"的任何遗迹。当然,

他们"寄身于翰墨,见意于篇籍,不假良史之词,不托飞驰之势,而声名自传于后",又是张骞、班超所望尘莫及的。这也就是"英雄儿女各千秋"吧?

<h1 style="text-align:center">三</h1>

中国作家采风团一行,这次来到凉山彝族自治州,许多人都是首途,因此,稍事休息,便集聚在一张四川省地图的前面,听当地一位彝族文友介绍有关情况。这位文友指着地图西南部一片广阔的地域,说,凉山是全国最大最集中的彝族聚居区,与西藏有些相似,是一片神奇古老、峻丽多姿,承载着无数自然与人文奥秘的土地。

这里,地处云贵高原与四川盆地之间的过渡地带,北部、东部和南部为水深流急的大渡河、金沙江迂回环绕,境内有小相岭、碧鸡山、黄茅埂纵横盘错,其间高山耸峙,河川割裂,峡谷幽深,地形陡峭,加上旧时代彝族"家支"势力的割据,历代反动统治阶级的禁锢、封锁,使整个凉山地区与外界的交往受到重重阻隔,长期处于封闭状态。

有一首民谣记述了这种封闭、隔绝的实况:

上山入云间,下山到河边。
山前能对话,相见走一天。

大诗人李白曾经苦吟:"见说蚕丛路,崎岖不易行";"蜀道之难难于上青天"。而旧日的凉山,道路之难行,在蜀道中又是数一数二的。过去奴隶娃子被抓进凉山去,叫做"青蛙掉进井里",永世没有逃出之日。有的地方耕牛无法进去,只好背运牛犊进山养大,以解决耕作之需。由于交通阻塞,致使日用消费品奇缺,老阿妈买一枚缝衣针要从鸡窝中摸出十个鸡蛋来交换,而猎手们鸡蛋大的一块麝香也只能换回一斤白酒。

封闭当然是坏事,但对自然生态环境和人文景观也有一定的保护作用。在举世进入现代文明时代,又苦于"文明病"折磨、困扰的时候,凉山却为我们提供了一方净土,托出了一块充满着迷人景色、绮丽风光的胜地,保留了人类最古朴、最浓烈、最独特的文化传统和民风民俗。

这里,有四川最大的淡水湖邛海,《马可·波罗游记》中称它为珍珠湖。作者记述说:"湖中珍珠无数","然大汗不许人采取",否则,"珠价将贱,而不为人所贵矣"。

"清风、雅雨、西昌月",为川西南三大景观,其中的"邛池夜月",天下驰名,因而,西昌获得了"月城"的美称。原来,这里地处横断山脉西缘,海拔高而纬度低,四面青山环绕,中部是安宁河平原地带,属于干湿交替的亚热带季风气候,常年风轻云淡,晴好天气极多,加上山林和湖水对大气层的过滤,使这里的月光分外皎洁。古人有诗赞曰:

> 天空临皓月,海上最分明。
>
> 境过银河界,人来水廓城。

在"月亮的女儿"青铜雕塑下面,彝族金融家、诗

人阿卓哈布给我们讲了一个美丽的传说：

在大凉山领扎洛这个山清水秀的地方，有一个心灵手巧的彝家姑娘，名叫兹莫领扎。她放牧的牛羊长得又肥又壮，她种的荞麦年年获得丰收，她唱的歌声传遍了天涯海角，她织的羊毛披毡上现出一个逼真的世界：她织上了花，花儿招来蝴蝶；织上了蜜蜂，蜜蜂引来布谷；织上了贝母鸡，贝母鸡会请来公山羊；织上了神龙鹰，神龙鹰便驮来一个绚丽的春天。

月宫仙女听到这个信息后，便派出七彩云霞去寻访，想要请兹莫领扎来教她织披毡。先是派乌云，找遍了大小山沟，没见踪影；又派出黄云、绿云、蓝云，找遍了山林、草坡和村庄，还是没有找到；最后派出眼明心亮的白云，才在领扎洛山的古松下找到了，兹莫领扎姑娘正在织美丽的披毡。于是，她踩着七色云霞搭成的虹桥来到了桂殿仙宫，朝朝暮暮教月宫仙子织披毡、弹月琴……

西昌城南三十公里外有一座螺髻山，海拔4 300多米，为250万年前第四纪古冰川运动的遗世杰作，保存有完整清晰的大型冰川刻槽，具有极高的科学研究和旅游观赏价值。山上"烟中鬟髻，尚觉模糊，雨际青螺，偏多秀媚"。自古即有"十二佛洞、十八顶、二十五坪、三十二天池、一百单八景"，令人悠然神往。红、橙、黑、黄、酱、绿等各色海子点缀山中，传说是仙妃沐浴的地方，日月朗照，宛如熠熠闪光的一颗颗宝石镶嵌在白云深处。山中有许多特异景观，诸如冰化源泉、露零芳草、水磨奇石、烟飞林箐，均为世所称道。

怪不得明朝进士马忠良在游记中要说："螺髻山开,峨眉山闭。"意思是,如果有朝一日,这里能够开发出来,那时,秀出西南、誉满寰中的峨眉山,就将大为逊色,只好悄然关闭了。

四

凉山地区的人文景观,更是独具特色,多彩多姿。神秘的原始宗教,五光十色的服饰,优美动人的舞蹈,以及"恒河沙数"的神话、故事、歌谣,都具有神奇的魅力和恒久的诱惑力。<u>特别是人类最后一块母系社会的遗址泸沽湖,那里的充满传奇色彩的东方"女儿国"和摩梭人奇特、浪漫的"阿肖"走婚风俗,吸引着五洲四海的万千游人和中外众多的作家、学者。</u>

泸沽湖养育的摩梭女儿,个个美丽健壮,勤劳善良,情深似海。她们不奢求不属于自己的一切,不会做金钱、物欲、权势的奴隶。她们按照质朴的本性,遵循自己心灵的指引,无忧无虑地劳动、生活、爱恋着。在她们的头脑里,没有古圣先贤留下的礼教、清规,没有"所适非偶"的烦恼、忧伤。她们在属于自己个人所有的花房里编织着少女的梦,品啜着情真意挚的爱的琼浆。

当地文友介绍说,许许多多前来采风的作家、艺术家、新闻记者和民俗学家,对于这里的婚姻生活都产生了浓厚的兴趣,有的还写出了动人心弦的文艺作品,或者完成了专门的学术报告。听到这里,同行的一位学者神秘地问我:"你认为这里有什么道理?"

我猜想,他一定会有一番妙论,便笑着说:"我愿洗耳恭听。"

他说,人们到一个地方游览,如同阅读文学作品一样,都会将自己的感受或者思索,不自觉地对象化——化入到那种地域、那部作品的情境框架中去,设身处地,比较一番。也就是,在审美的返照中,完成对自身的观照、对比与衡量。有价值的地方风物,优秀的文学作品,它的感召力、生命力,就在于能够提供一种契合其文化心态,满足其欲望要求的"对象化的相关物"。具体说到泸沽湖的"走婚"形式上,其实,人们与其说是在看人家,不如说是在想自己——希望自己也有这样一种自由选择的条件。他们是在向往一种世外桃源,一种诗意人生。从这个意义上说,他们是到这里来寻梦,寻找自己已经失落了的梦境,——梦是愿望的达成,是现实生活中某些缺憾的一种补偿。尽管梦终归也要醒,但梦本身,难道不是一种生活吗?它和实际生活的区别,只在于虚实、长短而已。

我觉得,他说得很妙。

凉山彝族自治州所属的广大区域,是以彝族为主体,彝、汉、藏、回、蒙等十几个民族,经过几千年的奋斗,共同开发拓展出来的。

彝族在旧时史籍中称作"夷人"、"倮族",而彝民自称为"诺苏"。解放以后,根据广大彝族民众的意愿,以鼎彝之"彝"作为统一的民族名称。多种学科的材料证明,彝族先民是以自西北而南下的古羌人部落为基础,在西南的川、滇交接带的金沙江两岸,融合了当地众多的土著部落而逐步形成的。凉山彝族的直系祖先,按照彝族民间普遍传说,则为古侯、曲涅两个原始部落,大约在西汉时期即由今云南昭通一带陆续迁入大、小凉山。自唐代以迄明清,黔西、滇东北的彝民又有过数次大规模的迁入。

这里的汉族居民大多数迁自内地,或为封建王朝屯垦戍边,或自发地到这里来落脚谋生,最早的亦有两千多年的历史。这是一个典型的农耕族群,他们以土地为核心,建造了区别于其他民族的社会经济形态。

在漫长的岁月中,彝族人民创造了灿烂的民族文化,并且,小心翼翼地接受其他民族一些生产技术与管理方式;同时,以血缘家支联盟为依托,注意加强内部的凝聚力,抵御着外来文化的冲击。但是,由于地处青藏高原、云贵高原和四川盆地汇接地带,又不能不受到来自北部和西部草原牧业文化的熏陶,东部巴蜀文化的哺育,以及东北部江汉流域稻田耕作文化的辐射,因而表现出多源、共生的特点。

大、小凉山是一个早已闻名于世的特殊的民族文化区域,是 20 世纪初以来中外人类学、民族学、历史学研究的一个热点。其原因,就在于此间虽然处在人口稠密、历史文化悠久的东亚中部的内陆,与素称"天府之国"的人文荟萃的成都平原近在咫尺,却在漫长的历史进程中,由于情况复杂的地理、人文环境等因素,形成了相当特殊的民族社会经济的发展样式,产生了一套以低需求适应低生产的社会文化机制。

而建立在生产水平低下和地理环境分散、封闭的基础之上的血缘组织——"家支",以及"家支"之

间的械斗,又使财富积累和扩大再生产受到严重影响,统一的政权组织无由建立。这样一来,凉山的社会发展就只能在原地上打转,结果形成了世界史上绝无仅有的凉山奴隶社会的"两千年一贯制"。

如果说,中华民族就整体来讲,是带着半封建、半殖民地的镣铐,迈着沉重的脚步,叩开20世纪大门的;那么,凉山彝家则是背负着奴隶制的枷锁,从长夜漫漫的历史隧洞中缓慢地走出来,比之整个中华民族,其步履无疑是更为沉重、更加艰难的。

五

彝族的创世史诗《勒俄特依》中说,彝族和汉族本是居木武吾的两个儿子,彝族儿子名叫武吾格自,挽起蒿草做地界,住在高山上;汉族儿子武吾拉业,垒起石块做地界,住在湖水边。那时候,水牛、黄牛并着走,耕作时在一起,休息时各走各。那时候,彝人也说汉话,汉人也留彝髻,彝、汉兄弟亲如手足,共同为开发八百里凉山抛洒汗水。这动人的神话传说,反映了两族人民的亲密关系和美好愿望。

但是,由于历代反动统治者实行民族歧视、民族压迫和民族隔离的政策,不断地对彝区进行剿灭、征服;而凉山彝寨的奴隶主为了维护其专制统治,转移斗争视线,又人为地制造民族矛盾,宣扬"石头不能当枕头,汉人不能搭朋友",彝、汉两族的冲突也是经常的,带来了无边的历史性灾难。

当然,这种冲突和对立,在我国两千年的彝、汉民族史上,毕竟只是一股支流;而主流则是两族劳动

将历史和传统引向人性深处。

沧桑无语 ◉

138

人民共同的生产劳动、抗暴御侮，并肩保卫、建设祖国的西南边疆。

《西昌县志》记载，辛亥革命前夜，西昌地方官府横征暴敛，鱼肉人民。知县章庆以推行新政为名，增加苛捐杂税。贫民割一背草，只售二三十文，要按十抽五；每碗茶原售三文，加厘捐后要售四文。弄得物价飞涨，民不聊生。当时，正值清政府邮传部大臣盛宣怀出卖筑路利益给外国银行团，原籍西昌的同盟会会员王西平和刘次平、朱用平（世称"三平先生"），发动群众响应成都的"保路运动"，开展抗捐、抗粮和反对教会势力的斗争，得到当地民团的支持。

团总张耀堂联合了安宁河两岸五千多彝、汉民众，趁着西昌清军外调，城防空虚，杀进城来。他们以捕获所谓"暴民"名义，伪将几名群众捆绑起来，由民团押送入城，邀功请赏，从而顺利地叫开了城门，攻占了县署，揪出知县章庆，立即斩首。知府王典章迫于形势，伪装支持民众，以温言软语将民团和起义群众骗出城池，然后立即紧闭四门，暗地纠结各地武装星夜驰援，并勾结教会势力，向义军大举进攻。起义失败后，王、刘、张三位组织者，连同义军一千余人惨遭杀害。但彝、汉等各族人民的反抗斗争迄未停止，一直到推翻清王朝的统治。

我们发现，在古代汉族官员中，彝家似乎对诸葛亮有特殊的好感，漫步山乡，常常听到一些彝族老人称之为"孔明先生"。蜀汉建兴年间，南中诸郡（今云南、贵州西部和四川西南一带）相继发生叛乱，为了安定后方，以图中原，诸葛亮亲率大军南征。出发前，曾任越巂（辖今凉山一带）太守、熟悉南中情况的

从当地典故中讲诸葛亮的趣闻逸事，使文章有生机，虽长但不枯涩。

马谡相送数十里外,一再建言:"攻心为上,攻城为下;心战为上,兵战为下。愿早服南人之心,以收长治久安之效。"诸葛亮听了深以为然,南征中始终坚持这一战略方针。

阿卓哈布先生讲给我们说,当时,诸葛亮从成都出发,经过今宜宾的屏山、雷波的马湖,于卑水(今昭觉)与叛将高定决战,收复了越嶲郡;然后"五月渡泸(金沙江)",在今云南曲靖一带俘获了孟获。为了使这位深为"夷、汉所服"的彝族英雄心悦诚服,真心归顺,孔明先生引他观看了汉兵的营阵,问道:"此军何如?"孟获说:"原本不知你们的虚实,所以打了败仗。今天看过营阵,觉得也不过如此。若是放我回去,整兵再战,我看,打败你们也不难。"诸葛亮果然把他放还。就这样,两军再战,七擒七纵。最后,孟获恳挚地说:"公,天威也。南人不复反矣!"南中平定后,孟获升任蜀汉中央政权御史中丞,专司朝廷官吏监察工作。

当地群众传说,孟获当了"官上官"之后,刚正不阿。三个月里查出 33 个赃官劣吏和 13 个贤臣良将。这天,他颇为得意地问询诸葛丞相:"我这监察御史干得如何?"没料到诸葛亮竟摇了摇头,说;"不怎么样。"因为知道赃官中就有诸葛亮的朋友,孟获心想:这可坏了事了。但他还抱着一线希望,坚持建言:"朝廷必须赏罚严明,不能徇私舞弊。"诸葛亮拊掌大笑,说:"我说你'干得不怎么样',是因为你漏掉了一个贤臣。"孟获忙问:"是谁?"诸葛亮指着孟获说:"就是你呀!"孟获一听,当即笑弯了腰。

关于诸葛亮,还有一个"馒头祭江"的传说:蜀军与孟获交战,连战连捷,孟获只得渡过泸水逃回云南。蜀军欲乘木筏追击,不料,每到江心,就被波涛吞没。当地人告诉诸葛亮,必须用人头祭祷江神。这可难住了足智多谋的孔明先生。有的将领主张抓几个"蛮人"杀了祭江,诸葛亮坚决反对无故杀人,情急之下,便想出一个通融的办法。他找来厨师,让他们把牛羊肉剁成肉泥,然后用面粉把肉馅包上,做成人头模样,投入泸水祭江。这样,江涛便平静下来,蜀军顺利过去。

后来,当地人也跟着改变了这种陋俗,不再用人头祭江,改用这种代用品;渐渐地又推广到家庭的餐桌上,作为食用。由于它开始是代替"蛮人"之头的,所以称为"蛮头",以后改为"馒头"。

凉山一带,诸葛亮遗迹甚多,现有四处"诸葛城"、三处"孔明寨";据说现在的登相营、小相岭都与诸葛丞相曾率兵过此有关。云南嵩明县城郊还有一个高台遗址,传说是诸葛亮与孟获订盟结好的所在。也有一种说法,冕宁县彝海附近的孔明寨,即当年诸葛亮"七擒孟获"的战场。

六

彝海是一个群山环绕中的淡水湖泊,在冕宁城北近五十公里处,坐落在海拔2 280米的羊坪山上。阳光拂照下,清洌澄明、没有污染的湖水,四周倒映着层峦叠翠,现出浓淡不同的青青翠色。站在山顶上俯瞰,宛如一颗镶嵌在山峦中光华闪烁的绿宝石。湖边古木参差,虬根裸露,有的枝干横逸斜出,照影

水上,状似蛟龙盘曲,平添了几分苍茫而荒古的气氛。

湖的一侧是一片开阔的草地,漫坡布满了野花芳草,暖风晴日下,鸟鸣虫噪,蝶舞蜂喧,为荒古、静谧的湖山胜境平添了几许生意。

草坪前面不远处,便是气势恢宏的反映"彝海结盟"场面的群体雕塑,由刘伯承、聂荣臻、果基小叶丹和一位彝族群众四人组成。旁边,一座状似迎风招展的红旗的大理石碑,巍然屹立,望去使人永世缅怀中国工农红军冲风搏浪、浩荡前行的英雄气概。

<u>60 多年前</u>,红军长征途中通过彝族聚居区时,刘伯承与果基小叶丹在这里歃血为盟,结为兄弟。

刘伯承紧紧握着小叶丹的手,深情地说,我也是四川人,曾在川军做过事,深知国民党的腐败和旧军队的反动,才毅然参加了工农红军。红军愿意与彝族同胞一道,共同去打国民党反动军队,帮助彝家过好日子。

小叶丹告诉刘伯承:"我们这里生活很苦,这是外边的人体会不到的。汉人还能耕田种土,住在平原川坝,而我们,稍微平坦一点的地都被汉族财主霸占了,长年挤在深山,过着挨饿受冻的日子。"说到这里,小叶丹洒下了悲凉的泪水。

于是,两人跪在蓝天白云之下,各自端着一碗湖水,里面滴上了刚刚宰杀的大公鸡的鲜血,共同发誓:"上有天,下有地,今日我们结拜为兄弟,若有翻悔,如同此鸡!"说罢,仰头将血水做成的"盟酒"一饮而尽。次日清晨,红军先遣队在小叶丹的护送下,顺利通过了彝区。几天后,传来了中国工农红军胜利到达安顺场的喜讯。

　　红军长征纪念馆的同志介绍说，1935 年 4 月底，红军巧渡金沙江天险，进入凉山地区的会理县。部队进行短暂的休整，上层领导在城东北郊一个铁匠铺里举行了中央政治局扩大会议，史称"会理会议"。会上，决定红军继续北上，穿过彝族地区，抢渡大渡河，在川西北实现与第四方面军会合。接着，红军击溃了会理、西昌外围的敌军，进抵泸沽。

　　到大渡河有两条路：一条是大路，从泸沽东面穿过小相岭，经越西城到大树堡，渡大渡河，直逼雅安；另一条是崎岖的羊肠小路，从泸沽往北，经冕宁县城，穿越拖乌高山彝族聚居区，到达大渡河边的安顺场。

　　当时，蒋介石认为，彝族聚居区一向被视为禁区，红军为及时赶到大渡河，必定避开彝族、隘路，选择越西大道行军，于是加派重兵堵截。结果，红军先遣部队听取冕宁地下党组织的报告，经军委同意，走了羊肠小路。同时，派出一个团，径行大路，取道越西，担任佯攻，以迷惑、钳制和吸引敌人的兵力。

　　当时，彝族地区尚处在奴隶制阶段，"家支"林立，各有自卫的武装；而由于反动统治者的民族压迫，造成彝、汉之间严重对立，成见颇深，特别对经常"剿伐"、劫掠他们的汉人军阀痛恨至极。现在，要穿过彝区北上，显然是困难重重的。

　　看着红军长征路线图，我蓦然联想到太平天国翼王石达开的西南远征。

　　公元 1863 年春，石达开率领数万大军，也是在渡过金沙江后，取道会理、西昌，直抵冕宁，决定从小

路赶往安顺场,抢渡大渡河的。事前,为了减少进军阻力,曾以重金向"番族"土司王应元馈礼买路。四川总督骆秉章闻讯后,立即调兵遣将,赶赴大渡河防守;同时,施用计谋收买王应元,答应"破贼之后,所有资财,悉听收取";并买通彝族土司岭承恩等,使他们配合行动。结果,导致了石达开进退失据,腹背受敌,落进了清军事先设计好的陷阱,全军覆亡。

七十二年后,红军又选择了这条崎岖小路,蒋介石自是大喜过望,叫嚷要让"朱、毛做第二个石达开",梦想历史重演。可是,"大渡河水险,我非石达开。一举强渡胜,三军大步来。"伴和着大渡河掀天雪浪和震耳涛声的,是红军的旌旗照影和将士欢颜。

七

时届中午,作家、诗人们拣了一块干爽的地方,架材烧起了马铃薯和"砣砣肉",同当地彝家男女青年一道,伴着欢快的歌声,开始了丰盛的午餐。我们一边喝着彝家自酿的泡水酒,一边就着刚才的话题,展开了热烈的讨论。

彝族著名青年诗人吉狄马加说:"彝海结盟"是五千年中华史册上民族团结、军民团结的典范,是凉山彝族人民对中国革命作出的应有贡献,也是刘伯承元帅为中国革命事业立下的汗马功劳。可是,刘帅个人却异常谦虚,功成不居。

在《刘伯承回忆录》中,对此,只记载了百十个字:红军"经西昌、泸沽,进入彝族同胞聚居的地方。我们坚定地执行了毛主席规定的民族政策,与沽基族首领结盟修好;并使老伍族中立;对受蒋介石特务支持利用,不断袭击我们的罗洪族,则反复说明我们是帮助少数民族求解放的。就这样依仗党的民族政策,顺利地通过了彝族地区,赶到安顺场渡口"。

应该说,刘帅讲的尽管不多,但却恰恰抓住了问题的实质。红军与太平军,同样都在 5 月,同样一条行军路线,同样数量的军队,同样的经过彝区,同样的围追堵截,最后又到同样的渡口,结果却截然相反。"翼王悲剧地,红军胜利场。"(陆定一语)红军出奇制胜的法宝是正确的民族政策。《中国工农红军布告》中讲了解放弱小民族、彝汉民族平等、尊重彝家风俗、不动一丝一粟、设立彝人政府、彝族管理彝族等重大事项。靠着这最强大的武器,旷古未有的仁义之师自然无往而不胜。

本文的主旨和伸发所在。

采风团团长、作家邓友梅于 20 世纪 50 年代初,曾以中央工作团成员身份,较长时期生活在彝族地区,对凉山一带的历史了如指掌。他说,当年红军走后,反动武装和恶霸势力卷土重来,白色恐怖笼罩了冕宁,彝、汉人民再度处于水深火热之中。我们邓家的那个败类——邓秀廷,当上了冕宁代理县长,以土豪劣绅为基础组织了"善后委员会",枪杀了红色政权的副主席萧佩雄和抗捐军大队长李发明等数十人,血腥镇压地下党人和欢迎过红军的民众。彝族同胞面对乌云滚滚的黑暗统治,更加激起了对红军的怀念。他们聚集在彝海边,跳起了锅庄舞,深情地唱着《盼红军》:

清清的海水流不尽啊,

红军一去已数春啊，
也不啊，捎个信。
彝家盼红军啊，
三天三夜啊，说不尽！
……
彝家受尽千年苦啊，
彝家有苦无处倾。
一心啊，盼红军，
盼你呀，回来救彝人！

桐江波上一丝风

一

外出旅游,寻访古迹,我常常是跟着诗文走。郦道元一条百余字的水经注和李太白的一首七绝,使我对于长江三峡梦绕神驰达四十年之久,终于在一个"林寒涧肃"的晴初霜旦,朝发白帝,暮宿江陵,偿了多年的夙愿。这次自富阳至桐庐,我花了几倍于陆路行车的时间,专门乘船溯富春江而上,也还是因为读了南朝吴均的《与宋元思书》——那篇用骈体信札形式写的绝妙的山水小品。

> 宋元思,一作朱元思,字玉山,吴均的朋友。

这是一艘中型的双层客轮,乘坐比较舒适。我拣了一个临窗位置,为的是能够饱览富春江景色。旅客不少,以当地从事短途贩运的居多,外地游客,多是去游览瑶琳仙境和到天目溪漂流的。因为到达目的地还有很长一段路程,他们上得船来,就凑在一起甩扑克牌,有两三个人干脆呼呼地睡上了大觉,鼾声与机器马达的轰响,合成了一组噪声。

"风烟俱净,天山共色,从流飘荡,任意东西。"那该是多么自在逍遥,任情适意呀!此刻,我对当年驾着一叶扁舟在富春江上恣意闲游的吴均,真是艳羡极了。

> "任意"二字流露多少洒脱与自在!

对这里的景物，吴均以"奇山异水，天下独绝"概括之。在他的笔下，当年的富春江，"水皆缥碧，千丈见底，游鱼细石，直视无碍。"这在当时，恐怕也有夸张成分；但较之现在，江水更为澄明剔透，则是毫无疑问的。值得人们庆幸的是，千载以还，地处发达地区的富春江，居然仍是清流汩汩，尽管连"一丈见底"也未必能够达到，但在当前各地江河普遍遭受污染的情况下，能保持到这样一个水准，已经是很不容易的了。

江船行进中，两岸渐渐现出陡峭的山崖，却不见怪石嶙峋，而是绿树葱茏，上上下下都长满了松、柏、樟、楠之类的常青树，这立刻使人联想到吴均眼中的"夹岸高山，皆生寒树；负势竞上，互相轩邈，争高直指，千百成峰"。随之，浩荡的江流也由静水闲波一变而为"急湍甚箭，猛浪若奔"，这也许同危崖壁立、高峰夹峙有直接关系。1 500 年过去了，人世间白云苍狗、变幻无穷，而山川景色却看不出有太多的变化。

吴均生当南北朝时期，为吴兴刺史柳恽做过短时期的主簿，后为建安王的记室。诗文冠世，著述甚丰，他的志怪小说《续齐谐记》是许多人都读过的。精于史学，曾奉诏撰写《通史》；而一部《齐春秋》却使他招了祸，梁武帝恶其实录，下令焚书、免职。看来，他的仕宦生涯并不是很顺畅的。

在这封短简的最后，吴均为什么要浓重地缀上一笔："鸢飞戾天者，望峰息心；经纶世务者，窥谷忘返？"（意思是，即使像苍鹰那样直上青云，追求高官厚禄者，仰见这样奇丽的群峰，也会止息他们的久慕荣利之心;而那些整天忙于经营世务的人,窥望如此隽美的幽谷,更将在此间流连忘返。)其用意,恐怕不只是向友人极力形容富春山水的魅力,主要还是抒写其对于避官遁世、退隐山林的向往之情。

江轮继续在高山峡谷中前行,航路回环曲折,不管怎样左弯右拐,眼前面对的总都是连绵不断的翠绿屏风。百里航程中景色最佳的七里泷到了,脑际蓦然闪现出清人纪昀咏赞此间山水的七绝:

> 浓似春云淡似烟,参差绿到大江边。
>
> 斜阳流水推篷坐,翠色随人欲上船。

早在两汉之交,严子陵老先生就看中了这个地方,隐居度日,渔钓终生。远不去近不去,偏偏选中了七里泷,真正让人佩服他的好眼力,好运气!

在全国各地,以钓台为名的景观不下数十处,诸如,陕西宝鸡渭河南岸的姜太公钓台,山东濮州的庄周钓台,江苏淮安的韩信钓台,福建闽东的吴越王钓台,安徽当涂的李白钓台,湖北鄂州的孙权钓台,北京阜成门外的金主完颜璟钓台,都是各具特色的。但就声名卓著、风光秀美而言,则以桐庐郡的富春江边的严子陵钓台为最。

从唐代的罗隐开始,古今文人描写严子陵钓台的游记很多,我以为,最为形象、生动的,是清初郑日奎的《游钓台记》,这里且征引几句:

> 台东西峙,相距可数百步。石铁色,陡起江干,数百仞不肯止。巉岩傲睨,如高士并立,风

致岸然。草木亦作严冷状。

在读过这篇游记之前，多年来，钓台在我的心目中曾幻现过诸般景象：是一块紧临江岸的巨大磐石；是楔入富春江的一处断崖；是江湾折角处的一段凸堤式的石屏。看来，在大自然的神工造化中，人的想象力总是落后于实际的。谁能设想，严子陵钓台竟是高达数十米的两座凸现出来的叠嶂！江中望去，宛如两个巍峨挺立着的翠绿石柱掩映在林峦之间。

下了船，我便径直奔严子陵祠堂而去。

过去，从一些史传中知道，大约在两千年前，从会稽郡余姚县走出了一个著名的士人，他就是后来名传千古的严光。严光字子陵，早年曾与南阳刘秀一同游学，彼此交情很深，可能也为这位杰出的政治家出过一些主意。可是，当刘秀夺得天下、登上皇帝宝座之后，严光却改名易姓，高隐不出。光武帝深知严光的才情人品，很想请他来协助治理天下，便凭着记忆，图写严光的形貌，下令各郡县巡访。后来，有人上书报告，一个身披羊裘的男子渔钓泽中，颇似其人。光武帝便备下车辆和璧帛前往延聘，果然是严光，但却推辞至再，拒绝出山；使者往返三次，严光才勉强登车来到京城洛阳。

官居司徒的侯霸与严光也是老朋友，听说他已到京，便遣人送信，邀他晚上在相府会面。严光问来人道："我的老朋友侯霸一向傻乎乎的，现在可好一些了？"来人答说："他已经位至三公，没有看出来怎么傻呀。"严光紧着摇头说："我看他和过去没有什么变化。"使者忙问其故，严光笑道，你说他不傻，那他为什么不想想：我连天子都不肯见，难道还能见他这个臣子吗？应使者苦苦请求，严光口授了一封短简给侯霸，大意是，位至鼎足而立的三公高位，很好。以仁义辅佐君王，天下人都欢迎；如果一味阿谀顺旨，可要当心送掉自己的脑袋。侯霸看过，便把短简呈送给光武帝，光武帝笑说："我这个狂妄的伙伴啊，还是那个老样子！"于是，马上坐车来到严光住所。

当时，严光正在躺着休息，皇帝来了也不肯起来。光武帝无奈，只好走进他的卧室，抚摸着他的肚子叫道："喂，子陵！难道你就不能协助我治理天下吗？"严光仍是佯作睡去，闭目不应，过了好一会儿，才睁开眼睛熟视，说：从前唐尧以盛德著称，但仍有巢父隐居不仕。人各有志，何必相逼呢？光武帝无可奈何地说："我竟不能屈你为臣呀！"说罢，叹息登车而去。

过了几天，光武帝再次亲自前来敦请。他们在宫中忆叙了旧日的友情，讨论了治国之道，"相对累日"。谈得困倦了，便同卧在一张床上，严光竟"以足加帝腹上"。于帝王之尊，视之蔑如。第二天，太史慌忙奏报："有客星犯帝座，情况十分紧急。"光武帝笑着告诉他："不必大惊小怪，是我与故人严子陵共卧一床啊。"

光武帝任命严光为谏议大夫，但他坚决不肯接受，执意回去隐居，皇帝不便勉强，只好听其自便。这样，严光就来到了富春山下七里泷中，钓他的酸菜鱼去了。

十二年后，光武帝再次聘他入朝辅政，他仍然不出，最后寿登耄耋，安然故去。后人就把他隐居之地

说他避世也好，说他清高也罢，严光就是这么一个好玩的老头儿。

称为严陵濑,指认江边两座拔地而起的突兀石台为严子陵钓台,并在钓台旁边修了一座严先生祠,历代奉祀不衰。

参谒过祠堂后,我口占了两首七绝:

> 忍把浮名换钓丝,逃名翻被世人知。
> 云台麟阁今何在? 渔隐无为却有祠!

> 江风谡谡钓丝扬,泊淡无心事帝王。
> 多少去来名利客,筋枯血尽慕严光!

二

七里泷既然是严子陵避官归隐、耕读渔钓的所在,当日无疑是非常僻塞、非常阒寂的。但是,今天却已经是熙熙攘攘,游人云集了。这里也有一个渐进的过程。咏赞富春江、七里泷的诗文,大约始见于南北朝。除了前面引述的吴均《与宋元思书》,还有谢灵运、沈约、任昉等人的诗文。应该说,那是相当早的。因为纪游文学的产生依赖于人们对于自然认识的觉醒。只有当人们不再把自然看作神祇的化身的时候,只有当自然山水的神秘的品格特征和那种统治、教化的象征物的约束力逐渐削弱与消失的时候,山水自然才有了独立的审美意义。

在中国,比较完整的纪游文学产生于南北朝时期。当时,文人试图在清新、幽渺的山水林泉中,涤荡胸襟,陶冶性情,抒展怀抱,于是,吟咏山水便成为他们的某种政治态度和生活道路的表达方式。一开

沧桑无语 ◉

魏晋南北朝时期,文人不仅通过诗文来吟咏性情,还通过书法,绘画等多种艺术形式表达。

始，文人们便把注意力投向了七里泷，足见此间山川的秀美，地位的显赫。与此同时，颂赞严子陵的诗文也出现了，比如南朝梁时的王筠就曾写过这样一首诗：

> 子陵徇高尚，超然独长往。
> 钓石宛如新，故态依可想。

而大量的则出现于初唐之后。据钓台风景区管理部门掌握的资料，自南北朝至今，历代名人到此游访，留下诗词文赋多达两千余篇。

桐庐人毕竟是高明的，他们在商品经济大潮中，没有趋时媚俗，像某些风景点那样，在钓台搞一些粗俗不堪的仿古建筑、游乐设施、神怪景观，而是以弘扬华夏文明为宗旨，坚持高雅、朴素的原则，把钓台建成一处兼具民族传统和地方特色的高档次的文化景区。从江边的严子陵祠堂到山上的钓台原有一条六百多个石阶的通道。为了增加文化内涵、减除游人寂寞，他们依据山势起伏，在绿树、修竹掩映中，另建一条宛若游龙的长达 400 米的碑林长廊，选刻了历代吟咏钓台的诗文名篇，书法家均属当代国内一流，遍布 31 个省、区、市以及港澳台地区，还有国外的一些汉学名家。

钓台管理部门还从六朝以迄明清游访、吟咏过钓台的著名文学家中遴选出 21 位，雕塑成 2 米高的石像。一个个绰约生姿，神情毕现。

李太白悠然斜卧在青花石板之上，与他所爱慕的"高山安可仰"、"风流天下闻"的孟浩然长结芳邻。

对一个历史文化景点来说是大幸矣！但是否还可以将它朴拙化，简单化，要知道，朴拙里是能养出诗心的。

153

陆放翁、辛稼轩，分别是南宋时期最伟大的爱国诗人、爱国词人，他们风格、气质十分接近，又生活在同一时代，只是由于奔波南北，平生缺乏接触条件，令人引为千古憾事。现在，他们一前一后比肩而立，总算有了诗酒谈宴、敲诗论文的机会。

在翠竹琳琅、亭阁参差的大自然怀抱里，一切纷争、矛盾都会得到淡化、冰释。当年，北宋的司马光与王安石，一为反对新法的领袖，一为实行新法的首脑。二人年岁相仿，游处相知之日甚久，却是一对政敌，议事每相龃龉。司马光曾三次致书王安石，对新法陈列了四大罪状，进行无情的攻击；王安石也写了《答司马谏议书》，予以针锋相对的驳斥。他们在同一年死去，直到最后也未曾和解。900 多年过去了，此刻，闲居于钓台之侧的王安石，正意兴悠然，捻须漫步，一改其生前的峻急、激烈之态；那边，司马光也在信步闲行，二人离得很近了。不妨设想，他们聚在一起，肯定会谈起严光、钓台以及富春山水的话题，也许要说：严先生真是个老滑头，他可比我们逍遥自在多了。人生七十古来稀，他竟活了八十岁，了不得，了不得！

我们时而穿行在古人之间，仰瞻他们的丰采，和这些文豪、巨擘一同陶醉于青松翠竹之间，欣赏着水光山色，林峦佳致；时而沿着碑廊，走走停停，骋心游目，不断地为那些警策的诗篇和灵动的笔势拍掌叫绝，完全忘记了登山的劳累。

历代吟咏钓台的诗文，各自的着眼点不同，见解也常有歧异，集中到一块来展读，颇似参加一次别开生面的研讨会。对于严子陵的品格风范和价值取

沧桑无语 ◉

向,多数诗人、学者是持肯定态度的。宋人黄庭坚的诗,可说达到了极致:

> 平生久要刘文叔,不肯为渠作三公。
> 能令汉家重九鼎,桐江波上一丝风。

他的意思是,子陵虽然与光武是故知,却不肯入朝享受三公之贵。那么,是否就没有支持光武帝呢? 当然不是。严光以其桐江垂钓的一丝清风,使得汉家天子的身价重于九鼎。

有的诗以二者相比,结论是,"世祖(刘秀)升遐夫子(严光)死,原陵(光武帝墓园)不及钓台高"。有的诗说,"汉家世业成秋草,江月年年上钓台",在久暂、存亡的对比之中,显现出二者价值的高下。有些诗文借高士严光来讥讽那班热心荣名、奔趋利禄之人。清道光年间进士李佐贤有句云:"经过热客知多少,都被先生冷眼看。"

最有趣的是李清照的《夜发严滩》诗:

> 巨舰只缘因利往,扁舟亦是为名来。
> 往来有愧先生德,特地通宵过钓台。

"愧"字衬托严光的高士之洁。

宋室南渡后,女诗人只身漂泊于浙中一带,此诗就是她从临安去金华船经钓台时所作。

也有一些诗善作反面文字,读来饶有情趣。元人贡师泰有诗云:

> 百战关河血未干,汉家宗社要重安。

当时尽着羊裘去,谁向云台画里看?

可说是责问得有理,抓住了要害。是呀,如果都像严光那样披着羊裘钓鱼去,汉家江山还要不要了?

还有某佚名诗:

一着羊裘便有心,虚名传诵到如今。

当时若着蓑衣去,烟水茫茫何处寻?

讥刺严子陵虽以渔钓避官,却也有沽名钓誉的一面。不然,为什么偏偏要披羊裘以立异呢? 想来即使起子陵于地下,恐怕也难于置辩。而且,自古以来,一提到"钓鱼",人们便会联想到磻溪钓叟姜太公"直钩钓王侯"的传说,想到那位"以虹霓为丝,明月为钩"、志在建不世之功的"海上钓鳌客李白";直到今天,人们还把以小取大的投机行为称作"钓鱼"。但是,平心而论,综观严子陵屡征不就、决意归隐的全部过程,又确实觉得这种"诛心之论"有些冤哉枉也。明人汪九龄有一首七律,劈头就讲:"竟日垂纶江上头,先生原不为名钩!"接着,摆事实讲道理进行辩白,似乎专门为此而作。这也算得是一桩小小的公案。

三

看过了碑廊,我们又循着蜿蜒的石径继续往上攀登。经过几度曲折,来到一处叫做中亭的地方。这里恰在山腰正中,丛林掩映之中现出一棵石笋,旁边伸出两条岔路,分别通向左右上方的东台与西台。

姜太公钓鱼,愿者上钩。

沧桑无语

156

我们稍事喘息，便向东面的严子陵钓台奔去。没料到，这里竟是一大片平平坦坦的所在。平台中间兀立着一座方形石亭，是十多年前的建筑物，里面的"汉严子陵钓台"石碑向游人揭示了这个信息。千年文化积淀，包括碑碣、亭台等各种载体，积年累月，聚之匪易，十年动乱中统统毁于一旦，言之令人锥心刺骨。

站在百丈高崖之上，眺望滚滚江流，遥想子陵当年僻处江隅，过着耕樵渔钓的近乎原始的生活，该历尽多少艰辛，付出何等代价呀！过去看到的一些描写隐士生活的诗文，往往是北窗高卧、长松箕踞，或者寒林跨蹇，踏雪寻梅，"西塞山前白鹭飞，桃花流水鳜鱼肥。青箬笠，绿蓑衣，斜风细雨不须归"，充满了逸趣幽思，诗情画意。实际上，这种诗化了的隐逸生活，只有少数人可能享得，大多数隐士是沾不上边的，起码严子陵不具备这个条件。

张志和《渔歌子》。唱一曲《渔歌子》，看悠悠闲云野鹤，潇洒背后又有多少无奈！

古代的隐逸之士为了逃避世俗的纷扰，总要寄身于远离市廛的江湖草野，或者栖隐在山林岩穴之中，过着一种主动摒弃社会文明的原始化、贫困化的物质生活，自然难免饥寒冻馁之苦。做过彭泽令的陶渊明，尚且时时苦吟："夏日常抱饥，寒夜无被眠。造夕思鸡鸣，及晨愿乌迁"，"饥来驱我往，不知竟何之"，更遑论其他人了！

乌，指太阳。

看来，隐士并不是好当的，也不是人人都能当的。对于他们来说，最大的困难还不是物质条件的匮乏与贫贱的折磨，而是精神层面上的痛苦，所谓"隐身容易隐心难"。隐士幽居与烈妇守节有些相似，与其说要过物质上的难关，毋宁说，主要还是战

胜心灵上的熬煎。就是说,找一个远离尘嚣、摆脱纷扰的林泉幽境,把身子安顿下来,比较容易做到;可是,要真正使心神宁寂,波澜不兴,却须破除许多障碍,经过一番痛苦的磨炼功夫。

士者仕也。"学成文武艺,货与帝王家。"摆在中国古代士人面前的,不是西方知识分子那样开放的多元价值取向,而是一条人生的单行线,万马千军都要通过登朝入仕这条独木桥。任何一个隐逸的士人,自幼接受的也都是儒学的教育。修身、齐家、治国、平天下的奋斗目标和太上立德、其次立功、再次立言的人生"三不朽"抱负,从小就在头脑里扎下了深深的根子。他们总是以社会精英自期,抱着经邦济世、尊主泽民的理想,具有极其强烈的自我实现的愿望。

而要实现这些宏伟的抱负,就必须凭借权势,正如汉代学者刘向说的,"道非权不立,非势不行"(《说苑》)。他说,五帝三王教以仁义而天下变,孔子亦教以仁义而天下不从。为什么?就因为一者有权位,一者没有权位。对于封建时代的士子来说,如何才能取得权位呢?唯有沿着立朝入仕的阶梯一步步地爬上去。而避官归隐,却是与此南辕北辙,大相径庭的。

古代士人的隐心,分自觉与被动两途。有些人是在受到现实政治斗争的剧烈打击或深痛刺激之后,仕途阻塞,折向了山林。开始还做不到心如止水,经过一番痛苦的颠折,"磨损胸中万古刀",逐步收心敛性,战胜自我,实现对传统的人格范式的超越。

也有一些人以追求人格的独立与心灵的自由为旨归，奉行"不为有国者所羁"、不"危身弃生以殉物"的价值观，成为传统的官本位文化的反叛者；自觉地向老庄和释家寻绎解脱之道，以取代那些孔门圣教，在阐发"自然无为"的道家哲理中体悟到人生的真谛，领略着超俗的乐趣，并获致精神的慰藉。甚而如同禅门衲子一般，卸掉人生的责任感，进入政治冷漠、存在冷漠的境界，不仅对社会政治不动心、不介入，而且对身外的一切都不闻不问，使冷漠成为一种性格存在状态。

隐心，就要使灵魂有个安顿的处所，进而使心理能量得到转移。隐逸之士往往通过亲近大自然，获得一种与天地自然同在的精神超脱，与宇宙万物融为一体的陶醉感和脱掉人生责任的安宁感、轻松感。他们往往把山川景物作为遗落世事、忘怀人伦的契机，或者向田夫野老觅求人情温暖，向浩荡江河叩问人生至理，在文学艺术中颐养情志，在著述生涯中寄托理想，用来化解现实生活中的苦恼和功利考虑，使隐居中的寂寞、困顿和酸辛，从这些无利害冲突、超是非得失的审美愉悦中，得到心理上的慰藉和生命价值的补偿。

隐心，还须战胜富贵的诱惑，陶渊明就有过"贫富常交战"的切身感受。父祖辈望子成龙的期祈目光；妻儿、戚友们殷殷劝进的无止无休的聒噪；朝廷、郡县的使者之车的不时光顾；同学少年的飞黄腾达、志得意满，都必然带来强烈的诱惑与浮躁。隐逸之士只有坚守其特殊的价值取向和人格追求，仰仗着这种精神支柱的支撑，才能从身心两方面来战胜强

这里向同学们推荐梭罗的《瓦尔登湖》。它比蒙田的《随笔》、纪伯伦的《先知》都要纯粹，虚静和深邃。在静谧的阅读中找一个属于自己的瓦尔登湖，诗意地栖居在大地上。

烈的诱惑。

这里就接触到问题的核心了："严陵不从万乘游,归卧空山钓碧流"(李白诗),那样透彻、决绝,义无反顾地避官遁世,究竟出于何种考虑?

隐,究竟为了什么?

坐在钓台高处,披襟当风,登临远目,我们展开了热烈的讨论。

有一点是大家的共识:同所有的真正隐士一样,严光是要以痛苦的磨砺为代价来换取一己之高洁。为的是获得一种超然世外的心理宁贴,"逍遥一世之上,睥睨天地之间,不受当时之责,永保性命之期"(仲长统语)。

一个人在其生命与人格进入成熟期后,都会有面对人生的自我设计。在那"方今之时,仅免刑焉",各种社会力量互相搏斗、人际关系异常复杂的封建时代,人生总是难以安顿的。从他呱呱坠地、步入滚滚红尘伊始,便被命定地抛向了随时制约他的外部世界,周旋于各种社会角色之间,即使耗尽毕生精力,也难以肆应自如。

严光受儒家"天下有道则见,无道则隐"和老庄哲学的影响,面对风波险恶的世路和污浊、腐朽的官场,设想通过避官遁世、归隐山林,挣脱这个锦绣牢笼,给自己营造一个心理上的避风港,进而寻回自我的本根,实现其人格的自我完善。应该说,这并不是什么过高的企求,但对一个封建时代的士人来说,却须以终身的安贫处贱为代价。

当然,严光的毅然决然高飞远引,还有全身远祸的考虑,所谓"贤者避世,明哲保身"。西汉初年屠戮功臣的血影刀光,彰彰犹在眼目。正像后来的诗人所咏叹的:"遂令后代登坛者,每一寻思怕立功!"光武帝在历代帝王中虽为少见的未杀功臣者,但他的废黜发妻郭后和太子疆,难免时人的腹诽心谤,后代的诗人就更不客气了。明初的学者方孝孺写过这样一首诗,算是窥见了严子陵的深心:

> 敬贤当远色,治国须齐家。
> 如何废郭后,宠此阴丽华?
> 糟糠之妻尚如此,贫贱之交奚足倚!
> 羊裘老子早见机,独向桐江钓烟水。

从内容上可以判定,这首诗是批评光武帝的,诗人却偏偏标为《题严子陵》,也透露了个中消息。

其实,杀戮功臣这类举措和封建制度相关,原不宜以君王的个人品质、性格作简单的诠释。封建君主要维护其万世一系的"家天下",就必然要对那些可能造成威胁的佐命立功之臣和封疆大吏严加防范,因而"鸟尽弓藏"、"兔死狗烹"的结局是难以避免的。君臣本身就是一对矛盾,它的性质与利害关系决定了最后必然导致冲突的爆发。而且,封建君主的独裁专制也容不得臣子的人格独立与个性自由。严光要摆脱王权的羁縻,把握一己的命运,维护其人格独立,就唯有逃开伴君如伴虎的官场之一途。

严光是很有政治远见的。果然,在他死后四年,就发生了伏波将军马援蒙冤遭谴的事件。马援戎马终生,功高盖世,北征朔漠,南渡江海,"受尽蛮烟与瘴雨,不知溪上有闲云"(袁宏道诗),立志为国家战死疆场,马革裹尸。最后,竟因从交趾载回一车薏苡

161

粒,被诬陷为私运明珠、文犀,在"海内不知其过,众庶未闻其毁"的情况下,光武帝勃然震怒,削官收印,严加治罪。其时马援已死,妻孥惊恐万状,连棺材都不敢归葬祖茔,成为历史上有名的一大冤案。唐代诗人胡曾深为马援鸣不平,有句云:"功成自合分茅土,何事翻衔薏苡冤!"

劳苦功高如马伏波者,尚遭遇如此惨痛下场,等而下之的就更被君王玩于股掌之上,操纵其生杀予夺之权了。严光尽管隐身渔钓,对于在朝故人的情况想必也有所知闻:侯霸只是因为举荐了一个为光武帝所不喜欢的人,险些遭致杀身之祸。而他的继任者韩歆,因为直言亟谏,触怒了光武帝,最后被逼自杀。

四

由点到面,从严光到整个隐士文化。这也是学者散文的特点。

从严子陵的避官遁世,大家自然地联系到了隐士的类型以及中国古代的隐逸文化。

隐士本是一个群体,他们各各不同,但总有些共同的特征,因此,大家觉得有必要画一幅能够概括这些特点的粗线条的隐士肖像:

隐士是具有一定的文化层次和道德修养的士人——古代的士人相当于现代的知识分子;

虽然他们的智慧与才能高出于一般人,但却不求闻达,不入仕途,洁身守素,远居山林,许多人在经济生活方面都处于一种原始化、贫困化的状态;

不为五斗米折腰成了中国士大夫精神世界的一座堡垒,用以保护自己出处选择的自由。而平淡自然也就成了他们心中高尚的艺术境地。

他们以放弃仕途的富贵荣华为代价,博取更多的精神自由和更高雅的审美体验,看重个体生存形

沧桑无语 ◎

式和精神活动的自由自在；

他们忽视物质的享受，追求精神的超越，鄙弃以利相交的虚伪夸饰的人际关系，向往恬淡自然、超越功利的精神境界；

他们往往都有一种特殊的生存方式、生存理念和生命追求。

就封建时代的士子隐居遁世的情况来考察，清人陈日浴说："或有执志而有所待者也；或有激于垢俗疵物而将以矫世者也；或有见于机先而佯狂以自全者也。"（《续高士传》序）这里既含有对客观现实的评价，也包括主体的价值判断，应该说，有一定的概括力。

但其顺序，首先应是"有激于垢俗疵物而将以矫世者"，如传说中的帝尧时期的巢父、许由。晋皇甫谧《高士传》记载，许由初隐于沛泽，因帝尧欲以天下让之，而逃耕于颍水之阳，箕山之下。后来，帝尧又召之为九州长，许由不愿闻之，而洗耳于颍滨。适逢巢父牵牛犊来饮水，见许由洗耳，问明缘由，便责备他隐居不深，欲求名誉，以致污秽犊口，遂牵牛犊至上流饮之。这类自甘退出社会舞台，彻底放弃对现实社会的价值关怀，绝对排斥入世而超然物外的狂狷者，当属于原根意义上的隐士。严子陵也应属于这方面的典型。

他们认定社会现实、仕途官场是污浊的，因而不愿与时辈为伍，与俗流同污，洁身自好，独立超群，"不事王侯，高尚其事"。要在攫取爵禄、侍奉王侯之外创造自身的存在价值，实现自我选择、自我主宰，保持独立人格、自由意志。否定外在权威，卸却自身

责任,远离功利,逆俗而行,成为他们处世待人的标志。据《庄子》记述:舜以天下让善卷,善卷曰:"余立于宇宙之中,冬日衣皮毛,夏日衣葛絺。春耕种,形足以劳动;秋收敛,身足以休食。日出而作,日入而息,逍遥于天地之间而心意自得。吾何以天下为哉!"奋力追求自我超越、把握自己的命运,对于此类隐士来说,这就是一切。

唐代诗人贾岛对于与世隔绝的隐士生涯有过生动的描绘:

虽有柴门常不关,片云孤木伴身闲。

犹嫌住久人知处,见拟移家更上山。

这使人联想到庄子讲述的南郭子綦的故事。南郭子綦隐居于山洞之中,齐国君王来看望他,引得周围许多人向他致贺。南郭子綦据此进行反思:我必先有所表现,他人才能够知道;我必名声外扬,对方才前来找我;我有了行动表现,名声外扬,才招惹周围的人前来致贺。经过这么一番痛切反省,他终于大彻大悟了,从而变成了"形如槁木,心如死灰",实现了主体心智的全面泯灭。

乱世全身之隐者,还有阮籍、嵇康。魏晋之际是中国社会最动荡、政治最混乱的时期,统治集团内部火并激烈,政权更迭频繁,战乱连年不断,"名士鲜有存者"。生活在这样的政治环境中,阮、嵇无时不存忧生之惧和避祸之念。他们佯狂隐迹,肆情放诞,或箕踞啸歌,或纵酒酣放,"越名教而任自然",力求弭灾避祸,保性全身。在这种所谓"魏晋风度"的影响

沧桑无语

下,当时仕与隐的界限比较模糊,先隐后仕,先仕后隐,亦仕亦隐,五花八门。但佯狂自全的特征却是一致的。

当然,有的也不能尽如所愿。嵇康在山阳隐居20年,不求仕进,不问功名,但是,最后终因隐身而不能隐心,还是做了司马氏的刀下之鬼。阮籍比嵇康聪明一些。司马昭为了把他拉到自己的圈子里,要娶他的女儿做儿媳,而阮籍既不情愿结这门亲戚,又不敢公然拒绝,便从早到晚喝酒,整日烂醉如泥,连续沉醉60天,媒人无奈怅然走开,司马昭也只好作罢。下场虽然不像嵇康那样惨,但他内心的苦痛却是无时或已、异常强烈的。他没有后世的王维那样潇洒:"行到水穷处,坐看云起时";他常常驾车载酒,漫不经心地向前行驶,突然马停了,原来路已到了尽头,不禁放声大哭,把那无边的积懑一股脑地抛洒出去。

在中国,历代隐逸的士人,多是社会制度不合理的产物,总体上说,隐居避世也是对统治者反抗的一种方式。但是,这种反抗往往是消极的。面对社会动乱、政治黑暗、忧患频仍的现实,当一些仁人志士舍身纾难、拼力抗争之时,他们却置身尘外,不预世事,彻底卸去两肩责任,一味考虑追求生命的怡悦。虽然,较之同流合污甚至助桀为虐、为虎作伥者高洁得多,但是,终归难免有"无补于世"之讥。

当然,人们也注意到了这样一个事实:在社会大动乱时期,就创造、保存和传递文化成果、文化精神来说,隐逸的士人有时能够起到那些入世士人所起不到的作用。"国家不幸诗家幸,赋到沧桑句便

工"（清人赵翼诗句），这在春秋战国和魏晋南北朝时期尤为明显。历代隐逸之士都奉《庄子》为圭臬。《庄子》一书对后代士人的精神生活产生了巨大的影响，玄远、旷达、淡泊、飘逸，成为士人追求的人格美，从而也成为中华文学艺术的审美追求。正是由于隐逸之士对政治与事功的背弃，实现了价值取向的调整与精力的转移，因此，在一定程度上，造就了中国文化博大宏富的万千气象。

所谓"有执志而有所待"，是指一些隐逸之士有大志也有能力干出一番惊天动地的事业，但并不急于出山，而是审时度势，择主而从。隐居待时，一出即为帝王师，是这类士人的理想际遇。他们奉行"隐居以求其志，行义以达其道"的孔门圣教，在他们看来，出世与入世是统一的。隐居并非忘世，乃是养志守道，为将来的闻达作思想与智能的准备，隐居山林的过程也是充实、完善自己的过程。正由于他们把"隐居"与"行义"看做两个互相衔接的阶段，所以，虽然身在山林，却并不完全脱离朝政，而且，往往对天下大事了如指掌。最典型的，如殷周时的吕尚，三国时的诸葛亮，元末明初的刘基等。诸葛亮躬耕陇亩之时，即常常会友交游，纵谈时政，每自比于管仲、乐毅，后经刘备三顾茅庐，出山建业，终于夙志得偿。

还有身在山林却萦心魏阙、心系朝廷，甚至直接参与最高层决策的隐者，如以"山中宰相"著称的南北朝时的陶弘景。他在三十六岁之前，曾被朝廷辟为诸王侍读，后因求宰相未遂，而挂朝服于神武门，辞官归隐。梁武帝即位后，屡次召他入仕，均被拒

"山中何所有，岭上多白云。只可自怡悦，不堪持赠君。"
——陶弘景诗《诏问山中何所有赋诗以答》。

绝。但国家每有吉凶征讨大事，都要找他咨询，月中常有数信往来，时时参与朝廷政务，成了不上朝的公卿大员。

另有一类隐士，实际是以隐逸作掩护，而从事最前沿的政治。他们绝不与朝廷合作，以至处于尖锐对立状态，如殷朝末年的伯夷、叔齐，明末的八大山人、王夫之、黄宗羲等。黄宗羲认为，没有亡国之痛就是无人心，遗民的责任是以不仕新朝、不予合作来表示抗议，但又不能止于抗议。一味地"呼天抢地，纵酒祈死"，终究无济于事。所以，必须"不废当世之务"，也就是要落到实际行动上。这些遗民中的隐士，往往以道德抉择代替理性判断，有些人始于狂热而终于冷漠，最后由绝望堕入虚无。这种人往往都是政治家、思想家。

至于以退为进、以隐求官者，如唐代的卢藏用之流，则不应纳于隐士之列。若要算上，以备一格，也只能说是假隐士。据《旧唐书》本传和刘肃《大唐新语·隐逸》篇载，卢藏用考中进士后未得调选，便先去长安南面的终南山隐居，学炼气、辟谷之术，但心中却时刻结记着登龙入仕，被人目为"随驾隐士"。后来，果然以隐士的高名被朝廷征聘，授官左拾遗。卢藏用品格十分卑污，以谄媚权贵获讥于时。有道士名司马承祯者，尝应召入京，届临还山之日，卢藏用想要夸耀一番自己曾经隐居的地方，便指着终南山说："这里面可是大有佳处啊！"司马承祯毫不客气，徐徐答曰："依我看来，不过是仕宦的捷径罢了。"从此，"终南捷径"就成了从事政治投机的讽刺语。

五

隐士的话题,可谈的实在太多,还是回到严子陵吧。

这里要提到两部书,一部是《古文观止》,里面选了范仲淹的《严先生祠堂记》;另一部是田艺蘅的《留青日札》,载有朱元璋的《严光论》。前者是人们所熟知的,在历代赞颂严子陵的诗文中,可说是调子最高昂的。"云山苍苍,江水泱泱。先生之风,山高水长。"真是至矣,尽矣,无以复加矣。后者就十分生僻了,绝大多数人都未必知道朱元璋还能够撰写史论,而且,着眼的居然是隐士严光! 文章劈头就讲,严光的行迹,"古今以为奇哉,在朕则不然"。接着阐述理由:严光"之所以获钓者,君恩也","假使赤眉、王郎、刘盆子等辈混淆未定之时,则光钓于何处?"最后得出结论:"朕观当时之罪人,大者莫过严光、周党之徒,不正忘恩,终无补报,可不恨欤!"斩钉截铁,切齿之声可闻。

进入当权者对隐士的态度和评价,更深了一层。

其实,这种思想并不是这位朱皇帝发明的,宋代诗人杨万里在其《读严子陵传》一诗中就曾写道:

> 客星何补汉中兴? 空有清风冷似冰。
> 早遣阿瞒移汉鼎,人间何处有严陵!

朱元璋易曹操为赤眉等,用事更显贴切。当然,他所师从的不是文弱的诚斋先生,而是站在统治者立场上、专门为帝王提供对付士人权术的战国时的韩非。

沧桑无语 ●

168

在韩非看来，许由、务光、伯夷、叔齐之辈，都是些不听命令、不能使令的"不令之民"。他们"赏之誉之不劝（不能受到鼓舞），罚之毁之不畏，四者加焉不变，则其除之！"恩威并用，软硬兼施，都无动于衷，那还怎么办？干脆杀掉。韩非首创以思想罪、独立罪除杀隐士，后世付诸实践的代不乏人，朱元璋乃其尤者。

看过严子陵祠堂和碑林之后，我曾想，应该把朱元璋这篇《严光论》刻出来，让它与《严先生祠堂记》列在一起，使寻访钓台踪迹、研究隐逸文化的人，对于古代中国如何对待隐士的问题，有个全面的理解。

其实，尊隐也好，反隐也好，对于封建统治者来说，无非是维护统治、巩固政权、治民驭下的两种相反相成的手段。不管推行哪一手，都是为了适应当时政治的需要。历史上，一般是把光武帝刘秀划为尊隐一派的。他有一封《与子陵书》，是古代小品中的名篇，后人评说："两汉诏令，当以此为第一。"全文只有五句话："古大有为之君，必有不召之臣。朕何敢臣子陵哉！"但是，"惟此鸿业，若涉春冰；譬之疮痏，须杖而行"。我实在离不开你。——情辞恳切，语语动人。

光武帝还下过一个《以范升奏示公卿诏》。起因是这样的：太原隐士周党被征召，面见光武帝时，自陈"愿守所志"，拒绝行臣下拜君之礼。博士范升启奏，要求以"大不敬"罪惩治周党。光武帝在诏令中说，"伯夷、叔齐不食周粟，太原周党不受朕禄，亦各有志焉。"结果，不但没有加罪，还赐帛四十匹，遣归故里。朱元璋的文章，直接针对着严光和周党这两个人，实际上，对于光武此举，也是大不以为然的。

看来，朱皇帝毕竟是个粗人。他没有看清楚，东

从西汉末年开始，隐士已成风气，隐士本身形成一股社会道德、政治善恶的评判势力。尊隐与反隐，都是专制权威的政治手段而已。在任何一个专制的王朝、国度里，隐士的独立和自由，都必须付出一定的代价。

汉开国当时是很需要这类高士的。当王莽篡汉之际，绝大多数公卿、士大夫都非常看重仕途、地位，而并不重视名节。因此，进表、献符、俯首称臣者实繁有徒。对此，光武帝深为戒虑。所以，开国之初，尽管百端待举，万事缠身，他还是拿出很大精力，去一一访求那些不事二姓、避官归隐者。为了提倡名节，对于那些"德行高妙，志节清白"的隐士，不但厚予赏赐，旌表嘉奖，而且，调整了西汉末年的取士标准，把这类人列为四科取士之首。严光、周党这些名士，正是这方面的代表人物。

这里有一点必须指出，就是这些名士有个共同的特点，他们完全脱离政治的漩涡，绝不会给朝廷带来任何麻烦。这恐怕是光武帝尊隐的一个大前提。非徒无害，而且有益，这桩生意，光武帝当然乐得做了。

一篇《严先生祠堂记》，曲折道尽了光武帝和严子陵互为表里，相得益彰的妙谛。一方面是"握赤符，乘六龙，得圣人之时，臣妾亿兆，天下孰加焉，惟先生以节高之"；一方面，归卧江湖，"泥涂轩冕，惟光武以礼下之"。"盖先生之心，出乎日月之上，光武之量，包乎天地之外"，没有严光，不能成光武之大；没有光武，也难以遂先生之高，而使贪夫廉，懦夫立，"是大有功于名教也"。

说开来，尽管隐逸之徒极力摆脱政治的羁绊，但是，常常不免自觉不自觉地充当着统治者的工具。由于隐逸的实质是远离政治纷争，不介入社会矛盾，以极度冷漠完全消解其入世之心，进入一种无是无非的超然状态，"万事无心一钓竿"，因此，尊隐必然能够收到缓解社会矛盾、减轻朝廷压力的消释作用。

刘秀敬隐士，"举逸民天下归心"，黄旗玉诏时发于岘，蒲草裹轮的舒适安车时行于岩中，他用招隐士的古训来笼络人心。

沧桑无语

170

这叫做无用之为大用。

尊隐的另一种考虑,是隐士的"滤毒效应"。"今人之于爵禄,得之若其生,失之若其死"。因此,"莫不攘袂而议进取,怒目而争权利,悦愚谄暗,苟得忘廉"(见《梁书·处士传序》和沈约的《高士赞序》)。封建统治者清醒地看到,提倡隐逸的高风,有助于激励士风、荡涤时浊。唐明皇之所以特意颁发一个《赐隐士卢鸿一还山制》,目的就是要借助嵩山隐士卢鸿一的"固辞荣宠",以敦士品,以厚风俗。既然鼓励一大批士人遁迹山林,有助于树立谦让不争的良好士风,进而减轻士人争相入仕,"粥少僧多"的压力,那又何乐而不为呢?

我以为,严子陵的"高风"之所以在北宋初年大行其时,是它恰好适应了当时天下底定,四海承平,释兵权、削相权、集皇权的政治大气候。

闲翻史籍,看到有些帝王为了博取礼贤下士的令名,往往发优诏,备安车,礼聘隐士入朝,以装潢门面,点缀太平。如果一时找不到隐士,有的甚至要特意造作,结果传为笑柄。据《晋书》记载,桓玄推翻东晋王朝,自立为帝之后,看到历代均有隐逸之士,唯独本朝没有,"乃征(西晋隐士)皇甫谧六世孙希之为著作,并给其资用,皆令让而不受,号曰高士"。由皇上出面,亲手制造隐士的假冒伪劣产品,这也够得上旷世奇闻了。

六

凭眼睛看,两座钓台相距很近,可要一一攀登上

去，由于中间隔了一道堑壑，却也还须费一番周折。先要傍着一丛丛的长林古木，从东台下去，走到岔路丫口，然后折转身来，拐个60度的锐角，再沿着那条通往西台的曲折山路，穿过林莽，一步步走上去。

太阳渐渐地热了起来，原来站在东台的高处，"桐江波上一丝风"，吹到身上甚是凉爽；现在回到山坳坳里，顿时觉得热汗涔涔。好在这段山路不算太长，耐着性子，很快就走到了。上到西台，依然是凉风扑面，而且，视野更加开阔一些。出乎意料的是，西台的石亭竟逃过了"十年浩劫"，有幸保存下来，亭子前面，立着刻有谢翱的名作《登西台恸哭记》的石碑。石亭的两边柱子上，镌刻着清人徐夜的诗联，是描写南宋著名爱国志士谢翱的：

生为信国流离客，
死结严陵寂寞邻。

这副对联简要地概括了谢翱的生平。

作者以文天祥事例说明，谢皋羽很可能是为故国、为友守节。

谢翱为人耿介拔俗，少有大志。早年应试科举，不第。景炎元年（1276），元军南下，文天祥（因他晋爵至信国公，故称"信国"）从海路至福建，任枢密使同都督诸路军马，传令各州郡发兵勤王。谢翱率先响应，尽散家财，招募乡勇数百人加入抗元队伍，被委任为谘事参军，与民族英雄文天祥结下了深厚的情谊。两年后，文天祥在广东海丰五坡岭兵败被俘，次年押解燕京。在二年的囚禁中，面对元世祖忽必烈的威逼利诱、百计劝降，文天祥大义凛然，坚贞不屈，元世祖至元十九年（1282），慷慨就义于燕京柴市。

对文天祥之死，谢翱悲痛至极，终生引为恨事，从此避匿民间，杜门不出。但时时缅怀故交，经常梦中相见；每逢文天祥忌辰，都要痛哭野祭，寄托哀思。一次，他登上富春江边严子陵钓台的西台，面对渺渺苍穹，下临滔滔江水，北望吊祭，哀恸欲绝。这篇感天动地、泣血吞声的《登西台恸哭记》，记叙了这次祭悼亡友的经过和愤激、隐秘的心曲。此后，便往来于浙江中部，遍访宋末遗老，历游山水名胜，四十七岁时病死于杭州，归葬与严子陵钓台隔江相望的白云村，这里也是唐代著名诗人方干的终隐之地。

正如作家黄裳先生在《钓台》游记中所说，并立着的两座钓台，似乎向游人分别宣示着两种截然不同的价值观和人生观。一种是在鸡鸣风雨、暗夜如磐的破国亡家之际，以极热的心肠，锥心刺骨，奔走呼号；另一种则是"苟全性命于乱世，不求闻达于诸侯"，以至一头扎进寂寂的空山，完全与世隔绝，表现出至重至深的超拔与冷漠。但事物往往是错综复杂的，不似画图中的颜色，黑就是黑，白就是白。比如，严子陵与谢翱，表面看来，他们代表了上述两种划然对立的思想境界，各据一端，如隔重城。其实，并不这样简单。综观严子陵的言行，他的避官遁世原有逃避"新莽"的意向在焉，明末清初的著名文人钱牧斋在序《钓台汇集》时就曾指出了这一点。

也是在《钓台汇集》序言中，钱牧斋说过这样一段耐人寻味的话：世上的学者全都不了解严子陵的深心，揣度起他的"不仕光武"之故，各执一词，却都没有说到点子上，唯独南宋的谢翱深知此中奥义。

当钓鱼成为隐士人格的一种象征的时候，我们看到了士人本性从奴性解放出来的历程。千载之后，范仲淹路过富春江畔，久久驻足于严子陵钓矶，不禁感叹：君为功名隐，我为功名来。羞见先生面，黄昏过钓台。这种羞愧，恐怕不止范仲淹一人，它是士人本我意识觉醒的一种久久回荡的宏声。

"何地不可痛哭，而必于西台？以谓子陵之于西京，信国之于南渡，其志其节，有旷世而相感者也"。钱牧斋认为，严光对于西汉，和文天祥对于南宋，有"旷世而相感"的深情，所以，谢翱才选中了钓台这个特殊地点悲歌痛悼的。

对于一度腼颜事清的钱牧斋，后世一向是薄其为人的，他的有关严子陵的发覆，人们也未必一体认同。但是，隐逸不仕，恰如钱氏所言，实在是一种颇为复杂的社会现象。如果只从避离俗尘、寻求解脱这一角度加以诠释，必然会失之简单，流于肤浅。世界上，大概没有哪一个国度，曾像古代中国那样出现过那么庞大的隐士阶层。如何对这一社会现象予以恰中肯綮的剖析，从中找出一些规律性的认识，应该是研究隐逸文化的学人共同关注的课题。可惜，我这篇文字已经不算短了，只能到此打住。

单元链接

本单元所涉及的人物主要是：庄子，严光，李白，在历史上，这三个人物的生平事迹历来为人们所津津乐道，想了解更多关于这三个人的生平可以参阅袁行霈总主编的《中国文学史》（全四册，高等教育出版社出版）。其中李白应重点掌握，他作为盛唐文化孕育出来的天才诗人，其魅力乃盛唐之魅力，其诗作千古传诵，目前适合阅读的注本有《李太白全集》三十六卷（［唐］李白著 ［清］王琦辑注 中华书局 1979 年版），对李白的重要诗作如《蜀道难》、《将进酒》等要求反复揣摩背诵，方能领会天才李白的非凡艺术个性。想对庄子有所了解的读者可以参阅《庄子集解》（［战国］庄周著 ［清］王先谦集解 中华书局 1987 年版）。

沧桑无语

第三单元

DI SAN DAN YUAN

红尘解悟

　　本单元离开山水，来看身居庙堂之上的历史人物如何演绎红尘事，死亡，信仰，激情，人性，理想，种种的内心纠结在此刻碰撞。他们相距当今年代并不久远，时代气息弥漫在各自的人生中，同样为了理想，有人选择用鲜血祭奠，有人选择用心血经营，有人选择用一生奋斗。

当人伦遭遇政治

朝发沛县，暮宿淮阴，此番苏北之行，原本是要踏寻古迹，连带着体察一番运河两岸、淮上人家的风物人情；没想到转游起来，竟发起了思古之幽情，不经意间就同政治与伦理这类沉重而复杂的课题撞个满怀。这倒应了那句古老的谚语：原本要跑向草原，却一头扎进了马厩。

由踏寻古迹走进历史的深处平静地阐发其中所包含的一些耐人咀嚼的东西，展示了充分人性化和审美化了的历史态度。

两 个 男 人

古沛是汉朝开国皇帝刘邦的龙兴之地，而淮阴为韩信故里。虽说已经事过两千多年，可是，穿行其间，依然随处可以感受到这对君臣搭档的遗泽，似乎湿润的气流里也都弥漫着两个男人为代表的汉廷风雨的因子。

作为皇上，刘邦自命为神龙之子；而韩信者流，在他的眼中却只是一条狗。他曾当着诸位功臣的面，率直无隐地说："诸君见过打猎的吧？追赶走兽啊、野兔啊，把它们逮了来的，是狗；而发号施令、指示兽类所在的，是人。诸君只能够擒拿走兽，所以都是功狗啊！"这么一个怪怪的名词，亏他这个"大老粗"竟能想得出来。也许同他从小爱吃狗肉这一家乡特产有些关联。沛县狗肉生意的开山祖师是汉初

从两个男人关系的角度解读文章标题。

177

名将樊哙。他和刘邦同乡,又是连襟——他们都娶了吕公的女儿。樊哙年轻时以屠狗为业,开办一个狗肉餐馆。由于肉嫩色鲜,浓香扑鼻,很快就红火起来。有道是:"闻到狗肉香,神仙也跳墙。"馋嘴贪杯的刘邦自然成了座上常客。位登九五之后,刘邦衣锦还乡,设宴招待父老兄弟,也用狗肉来佐饮。从此,沛县狗肉就插上了翅膀,伴随着《大风歌》名扬四海;樊家的狗肉生意也世代传承,至今不衰。沛县街头到处都是狗肉广告,足资作证。

　　"功狗"也是狗,只是因为他们战功卓著——"了却君王天下事",因而加个"功"的谥号。但是,既然是狗,也就注定了被宰遭烹的命运。至于时机怎样把握,手段如何选择,全看操刀者的心计。越王勾践、刘邦与朱元璋,手黑心辣,剁起脑袋来没商量;而光武帝刘秀和宋太祖赵匡胤,一以柔术这一温情脉脉的面纱罩住政治暴力的狰狞,一以醇酒妇人、物质利益笼络功臣宿将。手法不同,目的则一。

　　刘邦晚年刻刻在念的,是铲除隐患以确保"家天下"长治久安。在他看来,谁的功劳最大、威望最高、能力最强,谁就是最大的隐患。这样,韩信自然首当其冲。于是,一当项羽败亡,便被刘邦削夺了兵权。不久,即有人上书告他谋反(这是封建帝王谋杀功臣时惯用的政治圈套),高祖采纳陈平的计策,伪游云梦,会聚诸侯,意在趁机擒拿韩信。那边的韩信却傻乎乎地捧着皇帝仇人的脑袋前来拜见,当即被绑缚起来,这时才慨然长叹:"果真像人说的,'狡兔死,走狗烹;高鸟尽,良弓藏;敌国破,谋臣亡。'天下已定,我固当烹。"已经失去存在价值,原在剪除之列;而此时的"功狗"韩信却傲然自视,日夜怨望,甚至逞能炫力,不懂得韬光养晦。一天,高祖与他闲谈,问道:"以我的才能,能够带多少兵?"韩信回答:"陛下最多不超过十万人。"又问:"那么,你呢?"回答是:"多多益善。"再问:"既然你有那么大的能力,为什么还会被我擒拿呢?"回答是:"陛下不善于带兵,却擅长于掌控大将。这就是我之所以受制的原因。"说到这个份儿上,实际上一切都已经摊牌了。不能说韩信对于自己的厄运毫无觉察,只是为时已晚了。

当然,还是后代诗人看得最清楚。唐人刘禹锡有诗云:"将略兵机命世雄,苍黄钟室叹良弓。遂令后代登坛者,每一寻思怕立功。"由韩信这一盖世英豪的可悲下场,导出后代登坛拜将者害怕建功立业的惊世骇俗的结论。大功告成之日,正是功臣殒命之时。为什么是这样?晚清袁保恒的诗作了回答:"高祖眼中只两雄,淮阴国士与重瞳。项王已死将军在,能否无嫌到考终?"登坛拜将之后,韩信以五载之功,定三秦、掳魏王、服赵国、下燕代,东平齐国、南围垓下,击败西楚霸王、打下汉室江山。这里已经没有你的事了,赶快到死亡女神那里去报到吧!

作为一个将领,你不能斩将搴旗、追奔逐北,每战必败,属于无能之辈,肯定也站不住脚;可是,当你发挥到了极致,达到"将略兵机命世雄"的高度,又会功高震主,必欲除之而后快。最后,那些佐命立功之士,如果不是战死或者病死,就必然面临着两种抉择:或者像范蠡、张良那样,及早从权力的峰巅实行华丽的转身,功成归隐,主动退出历史的

矛盾对比中产生思考。

舞台，或者像越国的文种和汉代的韩信那样，引颈就戮，最后发出"兔死狗烹"的哀鸣。

儒家礼教倡导"五伦"之义，讲究君惠臣忠、父慈子孝、兄友弟恭、夫义妇顺、朋友有信，以维护封建秩序。其中君臣关系被尊为"人之大伦"，起着统率作用；以冲突、斗争论，它也最为剧烈。"学成文武艺，货与帝王家。"出将入相，皆须"得君"；而帝王要维持其一家一姓的统治，也需要那些"功狗"为之驰驱卖命。什么经邦济世，什么致君泽民，剥去那一层层漂亮的包装，就会露出政治交易的肮脏的"小"来。

一些心地善良的人责之以"过河拆桥"，负心忘义，有始无终。其实，相互依存立足于互为利用，原本无"义"可言。范蠡曾说：越王为人"可与共患难，而不可与共处乐"。这里有个君王的忍耐度问题。同是谗言，当面临敌国外患的威胁、朝廷急需贤臣良将时，君王就顾不得那些闲言碎语，还是用人要紧；待到忧患解除，天下治平无事，贤愚价值渐就模糊，君王已无须那么宽容。于是，"鸟尽弓藏"、"兔死狗烹"之类的悲剧就连台上演了。

两 男 两 女

黄昏里的淮阴故城，一片平和静谧景象。岁月的烟尘掩埋了一切物质的孑遗，眼前的韩侯钓台、韩信庙、漂母祠等地面建筑，无非是近年修造的劣质赝品。临风吊古，有人慨叹物是人非，说什么"一切没有生命的依然存在，而一切有生命的全都变得面目全非了"。其实,这话是不确的,没有生命的同样也在变化,甚至彻底消失。倒是那些古代诗文联语,作为精神产品的遗存,仍在鲜活地昭示着前人的哲思理趣,予人以深邃的启迪。

韩侯祠里,空空如也,令人感到沮丧。倒是从晚近复制的碑廊里,看到清人赵翼的一首好诗:"淮阴生平一知己,相国鄑侯而已矣。用之则必尽其才,防之则必致其死……独悲淮阴奇才古无偶,始终不脱妇人手。时来漂母怜钓鱼,运去娥姁(吕后)解烹狗。"旁边还有一副对联:"生死一知己,存亡两妇人"。一诗一联,交相辉映,以高度概括的语言,<u>从韩信同萧何、吕后、漂母的关联中演绎其一生的悲喜剧。</u>

从两男两女关系的角度解读文章标题。

韩信原为项羽部属,由于没有得到重用,他便弃楚归汉。但在刘邦麾下,同样未得伸展。一个偶然机会,结识了丞相萧何,这样,他的奇才异能才被发现。可是,等了一段时间,仍然未见拔擢,大失所望之余,他只好悄悄出走。萧何闻讯后,如失至宝,急忙跨上一匹快马,日夜兼程,总算追上。经过一番情辞恳切的劝说,韩信才勉强跟着回来。当时,刘邦听到有人报告丞相也逃亡了,又急又气,及见萧何返回,便问他为何逃跑。萧何说:"我不是逃跑,是去追赶逃亡的韩信。"刘邦不解地问:"逃亡的人多了,何以单独追他?"萧何说:"诸将易得,韩信国士无双。王欲夺天下,共谋大事,非他莫属!"这样,刘邦便选择吉日良辰,斋戒登坛,隆而重之地拜韩信为大将。由此,韩侯视萧何为知己。

一晃儿,十年过去了,功高震主的楚王韩信已

经失去了高祖的信任,被贬为淮阴侯。在刘邦北征陈豨,由吕后坐镇京都时,有人报告淮阴侯与陈豨串通"谋反"。吕后料到韩信不会轻易就范,便同萧何秘商对策。最后由萧何出面,谎称北方传回捷报:叛军溃败,陈豨已死,敦请韩信进宫向吕后贺喜。韩信万没想到这样一位知己竟会设圈套谋害他,结果,一踏进宫门,就被预伏的刀斧手捆绑起来。吕后全不念他的"十大功劳",迅即在长乐宫钟室将他斩首。

"成也萧何,败也萧何"这一故实,确实令人慨然于人情的翻覆、道义的脆弱、人性的复杂;不过就萧何来说,无论是当初的怜才举将,还是后日的献计谋杀,所谓"用之则必尽其才,防之则必致其死",显然都属于忠君报国、"扶保汉家邦"的政治行为,不应简单地以个人恩怨以及品格高下、人性善恶进行衡量。政治有其自身的逻辑,用西方政治家的话说,那是一个既艳色迷人又容易使人堕落的处所。在美轮美奂的封建堂庑中,这类人伦充当政治婢女的现象,可说是随处可见,无代无之。

和政治家萧何的取向不同,作为普通老百姓,漂母同韩信的友情就纯洁而朴素得多了。韩信年轻时贫困潦倒,饱遭人们的凌辱。一次,在城下淮水边持竿钓鱼,临流漂纱的老妇见他饿得两眼迷茫,有气无力,就把自己带来的饭分给他吃,这样连续好多天,韩信非常感激,说"以后我要好好地报答您"。老人生气地说:"男子汉大丈夫连饭都吃不上,真没出息。我是瞧你这个小伙子太可怜了才送你饭吃,谁希图你来报答!"这使韩信受到很大的刺激与鞭策。传为千古佳话的"漂母饭信",纯然出于同情与怜悯,绝对没有"国士无双","王欲夺天下,则非信莫属"的政治考量,甚至也剔除了一般的现实功利。因此,当韩信承诺异日必当厚报时,才会怒而斥之——漂母觉得施恩图报,是对友情的亵渎,更有损于自己的人格。当然,人是复杂的动物,即使作为政治人物的萧何,也同样有其多面性。据明清笔记载录,广西一带有韦土司者,系淮阴侯后人。当日韩信罹难时,家中一位门客把他的三岁儿子藏匿起来。知道萧何为韩侯知己,便私往见之。萧何仰天叹曰:"冤哉!"泪涔涔下。门客感其诚恳,以实情相告。萧何考虑到吕后的势力遍及中原,只有送到边陲才有望保全。便给素日关系很好的南越王赵佗修书一封,请他帮助照应。赵佗不负所托,视之为己子,并封之于海滨。赐姓"韦",取"韩"之半也。萧何书信和赵佗赐诏,后来都刻在鼎器上。

从这里可以看到,萧何还是很讲人情的,可说是"善补过者"。他感念故人冤情,"泪涔涔下";且在紧急关头,甘冒巨大风险,托孤救孤,使韩侯得以"子孙繁衍,奉祀不绝",总算尽到了朋友责任。

一 男 一 女

按照《周易·序卦》"有万物然后有男女,有男女然后有夫妇,有夫妇然后有父子,有父子然后有君臣"的说法,人伦关系当以夫妇为先。"夫妇,人伦之至亲至密者也。"(朱熹语)作为爱情的实现目标,作为一场历经情爱考验而获得的胜利果实,那种完全从夫妇人伦关系角度解读文章标题。

剔除功利考量的两情相悦、两性结合，确乎令人神往。可是，这甜蜜蜜的人伦关系，一当困缚于权力争夺的轭下，遭到政治斗争的无情绑架，沦为一种政治行为、商品交易，便会出现异化而腐蚀变质。

刘邦与吕后的婚姻便属于这种人伦异化的类型。

同刘邦一样，吕后也是一个虑远谋深、机敏善断的政治家，她协助丈夫平定天下、赚杀诸侯王，对维护刘汉统一政权起了重要作用，也为自己日后总揽朝纲作了充分准备。史载，有人告发梁王彭越谋反，高祖抓获后，念其昔日战功，予以从轻发落，免治死罪，罚为庶民，送到蜀地青衣县安置。途经郑县，遇吕后从长安来，彭越流着眼泪，口称冤枉，请求吕后说情，改在故乡昌邑当平民。吕后满口答应，当即把他带回洛阳。面见高祖后，吕后说："彭越是个壮士。你把他送到蜀地，必遗后患。要办就得办个透底，索性杀掉算了！"于是，吕后指令告状者再度控告。结局是，彭越被剁成肉酱遍赐诸侯，并且夷灭了三族。

她和刘邦的联姻，一开始即维系于政治。当年，吕父因见刘邦状貌奇伟、高贵，有王者之相，才把女儿嫁给他；婚后，据说吕氏发现，凡是丈夫栖身之地，上方必有云气缭绕，她可以根据云气所在，寻觅丈夫的踪迹。几十年间，由于缺乏牢固的情感基础，两人一直是同床异梦，关系比较疏远；加之楚汉战争中，吕后和刘邦的父亲作为人质，曾被楚军长期囚禁，受尽了折磨、凌辱，使她的心理饱遭伤害，强化了猜忌多疑、阴险毒辣、刚毅倔强的个性，夫妻间根本谈不上推心置腹，相互信任。

而刘邦的移情夺爱已经很久了。就在太公、吕后被掳的同时,刘邦也受到了楚军包围,趁着一场卷地狂风,尘土高扬,天昏地暗,他才得以乱中逃脱。在一个村落里,巧遇戚家父女,刘邦为美色所动,当即解下佩玉作为聘礼。这样,十八岁的戚氏女便被纳为夫人,一年后生下了赵王如意,宠幸与日俱增。刘邦曾多次想要废掉太子刘盈,这直接危及生母吕后的地位。虽然限于客观条件,太子没有换成,但夫妻间的感情纽带已经彻底断裂了。

淮南王黥布反,高祖指令太子带兵讨伐,由于吕后力阻,只好御驾亲征,以致胸部中箭。每当箭伤作痛,他都怨恨吕后母子,甚至她们前来问病,也会被骂出去。高祖早已觉察到,吕后经常自作主张,不成体统,这次又听到有人密报:樊哙"党于吕氏",筹划一旦皇上晏驾,便杀害戚夫人与赵王如意。这恰好触发了他的心病,于是,立刻招来谋士陈平和大将周勃,命令他们立即赶往燕国,将樊哙斩首。为了防范日后吕氏兄弟作乱,高祖还特意召集众大臣歃血盟誓:"此后,非刘氏不得封王,非功臣不得封侯。如违此约,天下共击之。"这一切都充分表明,对于吕后,他一直是心存戒虑的。

既然早有所料,为什么高祖不在去世前先把吕后除掉?宋代文学家苏洵的话作答:"不去吕后,为惠帝计也。"吕后佐高祖定天下,久历锋镝,素为诸将所畏服。在主少国危的情势下,某些人即使图萌不轨,有吕后在,也足以镇伏、控制。这样,高祖便面临着两难抉择:客观上确实存在着诸吕兴风作浪的险情;而迫于形势,又不能断然剪除吕后。怎么办?他

采取了"削其党以损其权,使虽有变,而天下不摇"的限制策略。对此,苏老先生有一个非常精辟的比喻:"夫高帝之视吕后也,犹医者之视堇也,使其毒可以治病,而无至于杀人而已矣。"堇是一种草药,俗称乌头,有毒,而它又可以用来治病,收以毒攻毒之效。在高祖眼中,吕后有如毒堇,既可利用其威慑作用,又必须控制在不致动摇国本的限度内。一纵一收,具见高祖权术的高明,也显现出他实际上的无奈。

当人伦遭遇政治,君臣、朋友、夫妇关系已将发生质变;那么,以血缘为纽带的父子、兄弟关系又如何呢?同样没有例外。被称为"相斫书"的二十四史,尤其是隋唐时代杨家父子、李氏兄弟间的血影刀光,可说是形象的注脚。

斫(zhuó),大锄;引申为用刀、斧等砍。

沧桑无语

186

用破一生心

一

伴随着"皇帝热"、"辫子热"的蒸腾，曾国藩也被"炒"得不亦乐乎。其缘由未必都是市场的驱动，很可能还出自一种膜拜心理：拜罢英明的"圣主"，再来追慕一番"中兴第一名臣"，也是蛮合乎逻辑的。只是我总觉得，这位在中国近代史上声名煊赫的曾文正公，似乎并不那么可亲、可敬，倒是有些可悲、可怜。他的生命乐章很不洪亮，在那巨大的身影后面，除了一具猥琐、畏缩的躯壳之外，看不到多少生命的活力、灵魂的光彩。——人们不禁要问：一辈子活得那么苦、那么累，所为何来？

关于苦，佛禅讲得最多，有所谓"人生八苦"的说法：生、老、病、死，与生俱来，可说是任人皆有的，只是程度不同而已；而求不得、厌憎聚、爱别离、五蕴盛，则是由欲而生，就因人各异了。古人说，人之有苦，为其有欲，如其无欲，苦从何来？曾国藩的苦，主要是来自过多、过强、过盛、过高的欲望，结果就心为形役，苦不堪言，最后不免活活地累死。

说到欲望，曾国藩原也无异于常人。经书上说："饮食男女，人之大欲存焉。"他出生在农村，少年时

曾国藩（1811—1872），字伯涵，号涤生，谥文正，湖南湘乡人。湘军的创立者和统帅。清朝军事家、理学家、政治家、书法家，文学家，晚清散文"湘乡派"创立人。官至两江总督、直隶总督、武英殿大学士，封一等毅勇侯。

代也是生性活泼,情感丰富的。十多岁出外就读,浪漫不羁,倜傥风流。相传他曾狎妓,妓名春燕,于春末三月三十日病殁,他遂集句书联以悼之:"未免有情,忆酒绿灯红,此日竟随春去了;似曾相识,怅梁空泥落,几时重见燕归来?"一时传为佳构。至于桎梏性灵,压抑情感,则是系统地接受了儒家思想,特别是程朱理学之后。其间自有一段改造、清洗的过程。

他原名子城,字伯涵,二十一岁肄业于湘乡书院,改号涤生,六年后中进士,更名国藩。"涤生",取涤除旧污,以期进德修业之意;"国藩",为国屏藩,显然是以"国之干城"相期许。合在一起,完整地勾画出儒家"修、齐、治、平"的成材之路,也恰切地表明了他的立德、立功、立言"三不朽"的终极追求。目标既定,剩下来的就是如何践履、如何操作的问题了。他在这条漫漫人生之路上,作出了明确的战略选择:一方面要超越平凡,通过登龙入仕,建立赫赫事功,达到出人头地;一方面要超越"此在",通过内省功夫,跻身圣贤之域,"不忝于父母之所生,不愧为天地之完人",达到名垂万世。

这种人生鹄的,无疑是至高、至上的。许多人拼搏终生,青灯皓发,碧血黄沙,直至赔上了那把老骨头,也终归不能望其项背。某些硕儒名流,德足为百世师,言可为天下法,却缺乏煌煌之业、赫赫之功;而一些建不世功、封万户侯的勋臣宿将,其道德文章又未足以副之,最后,都只能在徒唤奈何中咽下那死不甘心的一口气。求之于历代名臣,曾国藩可说是一个少见的例外。他居京十载,中进士,授翰林,拔擢内阁学士,遍兼礼部、兵部、刑部、工部、吏部侍郎,外

沧桑无语

放之后,办湘军,创洋务,兼署数省总督,权倾朝野,位列三公,成为清朝立国以来汉族大臣中功勋最大、权势最重、地位最高之人,应该说是超越了平凡;作为封建时代最后一位理学家,在思想、学术上造诣精深,当世及后人称之为"道德文章冠冕一代",甚至被目为"今古完人",也算得上是超越了"此在"吧?

可是,人们是否晓得,为了实现这"两个超越",他竟耗费了多少心血,历经何等艰辛啊? 只要翻开那部《曾文正公全集》浏览一过,你就不难得出结论,他是一个地地道道、不折不扣的悲剧人物,是一个终生置身炼狱,心灵备受熬煎,历经无边苦痛的可怜虫。

"功名两个字,用破一生心。"他自从背负上从儒家那里承袭下来的立功扬名的沉重包袱之后,便坠入了一张密密实实、巨细无遗的罗网,任凭你有孙悟空那样的冲天本领,也难以挣破网眼,逃逸出去;何况,他自己还要主动地参与结网,刻意去做那"缀网劳蛛"呢! 随着读书渐多,理路渐明,那一套"立德、立功、立言"的终极追求,便像定海神针一般把他牢牢地锁定在无形的炼狱里。

歌德老人说,性格决定命运。那么,性格又是由什么决定的呢? 这恐怕不是一个"遗传基因"所能了得,主要的还应从环境和教养方面查找原因。雄厚而沉重的历史文化积淀,已经为他做好了精巧的设计,给出了一切人生的答案,不可能再作别样的选择。他在读解历史、认知时代的过程中,一天天地被塑造、被结构了,最终成为历史和时代的制成品。于是,他本人也就像历史和时代那样复杂,那样诡谲,那样充满了悖论。这样一来,他也就作为父、祖辈道

作者抛开历史赋予的惯有思路,从人性角度剖析历史人物,抒写着一个人的历史观。这其中不免夹杂着作者个人的喜怒,但却令曾国藩的形象因这种性情式地思考变得饱满丰富起来。

德观念的"人质",作为封建祭坛上的牺牲,彻底地告别了自由,付出了自我,失去了自身固有的活力,再也无法摆脱其悲剧性的人生命运。

<h1 style="text-align:center">二</h1>

这种无形的炼狱,是由他自己一手铸成的。其中的奥蕴无穷,但一经勘破,却也十分简单:要实现"两个超越",就必须跨越一系列的障碍,面对种种难以克服的矛盾。这也就是他进退维谷,跋前疐后,终生抑塞难舒,身后还要饱遭世人訾议的根本原因。

封建王朝中一切建立奇功伟业者,都免不了要遭遇忠而见疑、功成身殒的危机,曾国藩自然也不例外,而且,由于他的汉员大臣身份,在种族界隔至为分明的清朝主子面前,这种危机更像一柄"达摩克利斯之剑"时时悬在头上。这是一种无法摆脱的两难选择:如果你能够甘于寂寞,终老林泉,倒可以避开一切风险,像庄子说的,山木"以不材得终其天年",这一点是他所不取的,——圣人早就教诲了:"君子疾没世而名不称焉";而要立功名世,就会遭谗受忌,就要日夕思考如何保身、保位这个严峻的课题。明乎此,就不难理解曾国藩何以怀有那么强烈的危机感,几乎是惶惶不可终日。他对于古代盈虚、祸福的哲理,功高震主、树大招风的历史教训,实在是太熟悉、太留意了,因而时时处处都在防备着颠危之虞、杀身之祸。

曾国藩一生的主要功业在镇压太平军方面。但率兵伊始,初出茅庐第一回,他就在"靖港之役"中遭

源自古希腊传说,狄奥尼修斯国王请他的大臣达摩克利斯赴宴,命其坐在用一根马鬃悬挂的一把利剑之下,借喻随时有危机意识。

沧桑无语 ◉

190

致灭顶的惨败，眼看着积年的心血、升腾的指望毁于一旦，一时百忧交集，痛不欲生，他两番纵身投江，幸好被左右救起。回到省城之后，又备受官绅、同僚奚落与攻击，愤懑之下，他声称要自杀以谢湘人，并写下了遗嘱，还让人购置了棺材。心中惨苦万状，却又"哑子吃黄连"，有苦不能说，只好"打掉门牙肚里吞"。正如他所自述的："余庚戌、辛亥间，为京师权贵所唾骂，癸丑、甲寅为长沙所唾骂，乙卯、丙辰为江西所唾骂，以及滨州之败、靖港之败、湖口之败，盖打脱牙之时多矣，无一次不和血吞之。"

那么，获取胜利之后又怎样呢？扑灭太平天国，兵克金陵，是曾氏梦寐以求的胜业，也是他一生成就的辉煌顶点，一时间，声望、权位如日中天，达于极盛。按说，这时候应该一释愁怀，快然于心了。可是，他反而"郁郁不自得，愁肠九回"，城破之日，竟然终夜无眠。原来，他在花团锦簇的后面看到了重重的陷阱、不测的深渊。同是一种苦痛，却有不同层次：过去为求胜而不得，自是困心恒虑，但那种焦苦之情常常消融于不断追求之中，里面总还透露着希望的曙光；而现在的苦痛，是在历经千难万险终于实现了胜利目标之后，却发现等待着自己的竟是一场灾祸，而并非预期的福祉，这实在是最可悲、也最令人伤心绝望的。

到现在，情况已经非常清楚了，尽管他竭忠尽智，立下了汗马功劳，但因其用兵过久，兵权太重，地盘忒大，朝廷从长远利益考虑，不能不视之为致命威胁。过去所以委之以重任，乃因东南半壁江山危如累卵，对付太平军非他莫属。而今，席卷江南、飙飞

曾国藩是一位叱咤风云的人物，是一位毁誉参平的领袖，但别忘了他也是一个有血有肉的"人"！

电举的太平军已经灰飞烟灭，代之而起的、随时都能问鼎京师的，则是以湘军为核心的精强剽悍的汉族地主政治、军事力量了。在历史老人的拨弄下，他和洪秀全翻了一个烧饼，湘军和太平军调换了位置，成为最高统治者的心腹大患。

其实，早在天京陷落之前，清廷即已从中央与地方、集权与分权的总体战略出发，采取多种防范措施，一面调兵遣将，把守关津，防止湘军异动；一面蓄意扶植淮军，从内部进行瓦解，限制其势力的膨胀。破城后，清廷立即密令亲信以查阅旗营为名，探察湘军动静。当时咸丰帝曾有"克复金陵者王"的遗命，可是，庆功之日，曾氏兄弟仅分别获封一等侯、伯。尤其使他心寒胆战的是，湘军入城伊始，即有许多官员弹劾其纪律废弛，虏获无数，残民以逞。清廷下诏，令其从速呈报历年军费开支账目。打了十几年烂仗，军饷一毫不拨，七拼八凑，勉强维持到今日。现在，征袍上血渍未干，却拉下脸子来查账，实无异于颁下了十二道金牌。闻讯后，曾国藩忧愤填膺，痛心如捣。"狡兔死，走狗烹；飞鸟尽，良弓藏；敌国破，谋臣亡"的血腥史影，立刻在眼前浮现。此时心迹，他已披露在日记中："古之得虚名而值时艰者，往往不克保其终。思此不胜大惧。"

对于清廷的转眼无恩，总有一天会"卸磨杀驴"，湘军众将领早已料得一清二楚，彷徨、困惑中，不免萌生"拥立"之念。据说，曾氏至为倚重的中兴名将胡林翼，几年前就曾专函探试："东南半壁无主，我公其有意乎？"曾国藩看后惶恐骇汗，悄悄地撕个粉碎。湘军集团第二号人物左宗棠也曾撰写一联，故意向他请教:"神所凭依,将在德矣;鼎之轻重,似可问焉。"曾阅后,将下联的"似"改为"未",原封送还。曾的幕僚王闿运在一次闲谈中向他表明了"取彼虏而代之"的意思,他竟吓得不敢开腔,只是手蘸茶汁,在几案上有所点画。曾起立更衣,王偷着看了一眼,乃是一连串的"妄"字。

其实,曾国藩对他的主子也未必就那么死心塌地地愚忠,只是,审时度势,不敢贸然孤掷,以免断了那条得天地正气、做今古完人的圣路。<u>于是,为了保全功名,免遭疑忌,继续取得清廷的信任,他毅然采取"断臂全身"的策略,在剪除太平军之后,主动奏请将自己一手创办并赖以起家的湘军50 000名主力裁撤过半,并劝说其弟国荃奏请朝廷因病开缺,回籍调养,以避开因功遭忌的锋芒。</u>他说:"处大位大权而兼享大名,自古曾有几人能善其末路者? 总须设法将权位二字推让少许,灭去几成,则晚节渐可以收场耳。"这两项举措,正是清廷亟欲施行却又有些碍口的,见他主动提出,当即予以批准。还赏赐曾国荃六两人参,却无一言以相慰,使曾氏兄弟伤心至极。

自裁湘军的同时,一部《曾国藩家书》刊行问世,以表效忠清廷之心。

三

曾国藩的人生追求,是"内圣外王",既建非凡的功业,又做天地间之完人,从内外两界实现全面的超越;那么,他的痛苦也就同样来源于内外两界:一方面是朝廷上下的威胁,用他自己的话说:"处兹乱世,凡高位、大名、重权三者皆在忧危之中",因而"畏祸之心刻刻不忘";一方面是内在的心理压力,时时处

处，一言一行，为树立高大而完美的形象，同样是如临深渊、如履薄冰般的惕惧。

去世前两年，他曾自撰一副对联："战战兢兢，即生时不忘地狱；坦坦荡荡，虽逆境亦畅天怀。"上联揭示内心的衷曲，还算写实；下联则仅仅是一种愿望而已，哪里有什么"坦坦荡荡"，恰恰相反，倒是"凄凄、惨惨、戚戚"，庶几近之。他完全明白，居官愈久，其阙失势必暴露得愈充分，被天下世人耻笑的把柄势必越积越多；而且，人都是有七情六欲的，种种视、听、言、动，未必都合乎圣训，中规中矩。在这么多的"心中的魔鬼"面前，他还能活得真实而自在吗？

他对自己的一切翰墨都看得很重，不要说函札之类本来就是写给他人看的，即使每天的日记，他也绝不马虎。他知道，日记既为内心的独白，就有揭示灵魂、敞开自我的作用，生前殁后，必然为亲友、僚属所知闻，甚至会广泛流布于世间，因此，下笔至为审慎，举凡对朝廷的看法，对他人的评骘，绝少涉及，为的是不致招惹麻烦，甚至有辱清名。相反地，里面倒是记载了个人的一些过苛过细的自责。比如，当他与人谈话时，自己表示了太多的意见；或者看人下棋，从旁指点了几招，他都要痛自悔责，在日记上骂自己"好表现，简直不是人"。甚至在私房里与太太开开玩笑，过后也要自讼"房闱不敬"，觉得于自己的身份不合，有失体统。

他在日记里写道："近来焦虑过多，无一日游于坦荡之天，总由于名心太切，俗见太重二端"，"今欲去此二病，须在一'淡'字上着意。""凡人我之际，须看得平；功名之际，须看得淡。"脉把得很准，治疗也

严厉至苛刻地要求自己，不免不近情理了。

沧桑无语 ◎

194

是对症的,应该承认,他的头脑非常清醒。只是,坐而言不能起而行,无异于放了一阵空枪,最后,依旧是找不到自我。他最欣赏苏东坡的一首诗:"治生不求富,读书不求官。譬如饮不醉,陶然有余欢。"可是,也就是止于欣赏而已。假如真的照着苏东坡说的做,真的能在一个"淡"字上着意,那也就没有后来的曾国藩了,自然,也就再无苦恼可言了。由于他整天忧惧不已,遂导致长期失眠。一位友人深知他的病根所在,为他开了一个药方,他打开一看,竟是十二个字:"岐黄可医身病,黄老可医心病。"他一笑置之。他何尝不懂得黄老之学可疗心疾,可是,在那"三不朽"的人生目标的驱策下,他又要建不世之功,又要作万世师表,怎么可能淡泊无为呢?

世间的苦是多种多样的。曾国藩的苦,有别于古代诗人为了"一语惊人",冥心孤诣、刳肚搜肠之苦。比如唐朝的李贺,他母亲就曾说:"是儿要呕出心乃已耳!"但这种苦吟中,常常含蕴着无穷的乐趣。曾国藩的苦,和那些终日持斋受戒、面壁枯坐的"苦行僧"也不同。"苦行僧"的宗教虔诚发自一种真正的信仰,由于确信来生幸福的光芒照临着前路,因而苦亦不觉其苦,反而甘之如饴。而"中堂大人"则不然,他的灵魂是破碎的,心理是矛盾的,他的忍辱包羞、屈心抑志,俯首甘为荒淫君主、阴险太后的忠顺奴才,并非源于什么衷心的信仰,也不是寄希望于来生,而是为了实现现实人生中的一种欲望。这是一种人性的扭曲,绝无丝毫乐趣可言。从一定意义来说,他的这种痛深创钜的苦难经验,倒与旧时的贞妇守节有些相似。贞妇为了挣得一座旌表节烈的牌

云淡风轻、闲云野鹤的生活自古多少士大夫追求,但真正能做到的又有几个?

"黄老之学"主张清静无为,显然,心中有大欲大求的曾国藩无法吃下这一剂清凉散。

195

坊,甘心忍受人间最沉重的痛苦;而曾国藩同样也是为着那块意念中的"功德碑"而万苦不辞。

他节欲,戒烟,制怒,限制饮食,起居有常,保真养气,日食青菜若干、行数千步,夜晚不出房门,防止精神耗损,可说是最为重视养生的。但是,他却疾病缠身,体质日见衰弱,终致心力交瘁,中风不语,勉强活了62岁。死,对于他来说,其实倒是一种彻底的解脱。什么"超越",什么"不朽",统统地由他去吧!当然,那种无边的痛苦,并没有随着他的溘然长逝而扫地以尽,而是通过那些家训呀,书札呀,文集呀,言行录呀,转到了亲属、后人身上,这是一种名副其实的痛苦的传承,媒体的链接。

前几年看到一本"语录体"文字,它从曾国藩的诗文、家书、函札、日记中摘录出有关治生、用世、立身、修业等内容的大量论述,名之曰《人生苦语》。一个"苦"字将曾公的全部行藏、心迹活灵活现地概括出来,堪称点睛之笔。

四

曾国藩以匡时济世为人生旨归,以修身进德为立身之本,采取积极进取的人生态度,这无疑是承传了孔孟之道的衣钵,但他同时,也有意识地吸收了老庄哲学的营养。他是由儒、道两种不同的传统生命智慧锻冶而成,因而能够站在更高的层次上,可以说,他是中国历史上兼收孔老、杂糅儒道最为纯熟、最见功力的一个。

由于他机敏过人,巧于应付,一生仕途基本上顺遂,加之,立功求名之心极为热切,简直就是一个有进无退的"过河卒子",因而未曾真正地退藏过;但是,出于明哲保身的机智和韬光养晦的策略上的需要,他也还是把"盛时常作衰时想,上场当念下场时"奉为终身的座右铭,把黄老之学看作是一个精神的遁逃薮,一种适生价值与自卫方式,准备随时蜷缩到这个乌龟壳里,一面咀嚼着那些"高下相生,死生相因"的哲理,以求得心灵上的抚慰;一面从"尺蠖之屈,以求伸也"的权谋中,把握其再生的策略。

同是道家,在他的眼里,老子与庄周的分量并不一样。别看他选定的奉为效法榜样的三十二位中国古代圣哲中,只有庄周而无老子,其实,这是一种"兴发于此而义归于彼"的障眼法。庄周力主发现自我,强调独立的人格;不仅无求于世,而且,还要遗身于世虑江山之外,不为世人所求。这一套浮云富贵,粪土王侯,旷达恣肆,彻悟人生的生命方式,对曾国藩来说,无异于南辕北辙;倒是作为权谋家、策略家、彻底的功利主义者的老子,更贴近他的需要,符合他的胃口——儒家是很推崇知进退、识时务,见机而作的,孟子就说过嘛:"孔子,圣之时者也。"

他平生笃信《淮南子》关于"功可强成,名可强立"的说法。"强"也者,勉强磨炼之谓也,就是在猎取功名上,要下一番"知其不可而为之"的强勉功夫。但他又有别于那种蛮干、硬拼的武勇之徒。他的胞弟曾国荃刚愎自用,好勇斗狠,有时不免意气用事,曾国藩怕他因倨傲招来祸患,总是费尽唇舌,劝诫他要"慎修以远罪"。听说其弟要弹劾一位大臣,当即力加劝止,他说,这种官司即使侥幸获胜,众人也会

对你虎视眈眈，侧目相看，遭贬的那人也许无力报复，但其他人一定会蜂拥而起，寻隙启衅。须知，楼高易倒，树高易折，我们兄弟时时处身险境，不能不考虑后果。他告诫其弟：从此以后，只从波平浪静处安身，莫向掀天揭地处着想。这并不是萎靡不振，而是因为位高名重，不如此，那就处处都是危途。

清代道咸以降，世风柔靡、泄沓，盛行一种政治相对主义和圆融、混沌的处世方式。最典型的是道光朝的宰相曹振镛，晚年恩遇日隆，身名俱泰。门人向他请教，答曰："无他，但多磕头少说话耳。"有人赋《一剪梅》词来描画这种时弊：

> 仕途钻刺要精工，京信常通，炭敬常丰；莫谈时事逞英雄，一味圆融，一味谦恭。　大臣经济在从容，莫显奇功，莫说精忠；万般人事要朦胧，驳也无庸，议也无庸。

> 八方无事岁年丰，国运方隆，官运方通；大家襄赞要和衷，好也弥缝，歹也弥缝。　无灾无难到三公，妻受荣封，子荫郎中；流芳身后更无穷，不谥文忠，也谥文恭。

曾国藩由于深受儒学濡染，志在立功扬名，垂范万世，肩负着深重的责任感，尽管老于世故，明于趋避，但同这类"琉璃蛋"、"官混子"却是判然有别的。我们也许不以他的功业为然，也许鄙薄他的为人处世，但是，对于他的困知敏学，勤谨敬业，勇于用事的精神，还应该予以承认。

曾国藩是一个极为复杂的生命个体，是一部内容丰富的"大书"。在解读过程中,我们会发现,他的清醒、成熟、机敏之处实在令人心折,确是通体布满了灵窍,积淀着丰厚的传统文化精神,到处闪现着智者的辉芒。当然,这是从文化学、社会学、心理学的角度来研究;如果就人性批评意义上说,却又觉得多无足取。在他的身上,智谋呀,经验呀,知识呀,修养呀,可说应有尽有;唯一缺乏的是本色,天真。其实,一个人只要丧失了本我,也便失去了生命的出发点,迷失了存在的本源,充其量,只是一个头脑发达而灵魂猥琐、智性充盈而人性泯灭的人。

五

对于阅世极深的曾国藩来说,我想,他不会看不出封建官僚政治下的人生不过是一场闹剧,而扮演角色的无非是一具具被人牵线的玩偶,原是无须那么较真的。他自己就曾说过,大凡人中君子,率常终身黯然退藏。难道是他们有什么特异的天性?不过是因为真正看到了大的方面,而悟解一般人所追逐的是不值得计较的。秦汉以来至于今日,达官贵人何可胜数?当其高居权要之时,自以为才智高人万万,简直是不可一世;可是,等到他们死去以后再看,跟那些"营营而生,草草而死"的厮役贱卒,原没有什么区别。那么,今天的那些处高位而猎取浮名者,竟然泰然自若地以高明自居,不晓得自己和那些贱夫杂役一样都要同归于汩没,到头来并没有什么差异,——难道这还不值得悲哀吗?

我们发现,在曾国藩身上,存在一种异常现象,

即所谓"分裂性格"。比如，上面那番话说得是多么动听、多么警策啊，可是，做起来却恰恰相反，言论和行动形成了巨大的反差。加之，他以不同凡俗的"超人"自命，事事求全责备，处处追求圆满，般般都要"毫发无遗憾"，其结果，自是加倍地苦累，而且必然产生矫情与伪饰，以致不时露出破绽，被人识破其伪君子、假道学的真面目。

明人有言："名心盛者必作伪。"对此，清廷已早有察觉，曾降谕于他，直白地加以指斥：总因"过于好名所致，甚至饰辞巧辩。好名之过尚小，违旨之罪甚大"。至于他身旁的人，那就更是洞若观火了。幕僚王闿运在《湘军志》一书中，对曾氏多有微词，主要是觉得他做人太坚忍、太矫情了；而与曾氏有"道义之交"的今文经学家邵懿辰则毫不客气，竟当面责之以虚伪，说他"对人能作几副面孔"；左宗棠更是专标一个"伪"字来戳穿他的画皮，逢人便说：曾国藩一切都是虚伪的。

作为一位正统的理学家，曾国藩的高明之处在于，他在接受程朱理学巧伪、矫饰的同时，却能不为其迂腐与空疏所拘缚，表现出足够的成熟与圆融。也许正是因为这样，我总觉得，在他身上，透过礼教的层层甲胄，散发着一种浓重的表演意识。人们往往难以分辨他究竟是在正常地生活还是逢场作戏，究竟是出自真心去做还是虚应故事；而他自己，时日既久，也就自我认同于这种人格面具的遮蔽，以致忘记了人生毕竟不是舞台，卸妆之后还须进入真实的生活。

他尝以轻世离俗自诩，实际上根本不是那回事。

因为如果真的轻世离俗,就说明已经彻悟人生,必然生发出一种对人世的大悲悯,就会表现得最仁慈,最宽容,自己也会最轻松,最自在。而他何尝有一日的轻松自在,有一毫的宽容、悲悯呢？他那坚忍、强勉的秉性,期在必成、老而弥笃的强烈欲求,已经冻结了、硬化了全部的爱心,剩下来的只有漠然无动于衷的冷酷与残忍,而且,还要挂出神圣的幌子。他办团练时,以利国安民为号召,主张"捕人要多,杀人要快","不必拘守常例"。因此,每逢团绅捉来"人犯",总是不问情由,立即处死。据《梵天庐丛录》载:一次,曾国藩路过一村,遇卖桃人与买者争吵,卖者说没有付款,买者说已经付了。经过拘讯,证明是卖者撒谎,他当即下令将其斩杀。一时街市大哗,民众惊呼:"钦差杀人了!"因而得名"曾剃头"。

他曾亲自为湘军撰写了一首《爱民歌》,让官兵们传唱:"三军个个仔细听,行军先要爱百姓。贼匪害了百姓们,全靠官兵来救人……官兵不抢贼匪抢,官兵不淫贼匪淫。若是官兵也淫抢,便同贼匪一条心。"实际执行情况又怎样呢？曾氏幕僚赵烈文记下了攻破天京后的亲眼所见:"城破之日,全军掠夺,无一人顾大局";"又见中军各勇留营者皆去搜刮,甚至各棚厮役皆去,担负相属于道"。湘军逢男人便杀,见妇女便掳,"其老弱本地人民不能挑担,又无窖可挖者,尽遭杀死,沿街死尸十之九皆老者,其幼孩未满二三岁者亦砍戮以为戏"。"哀号之声,达于四远","尸骸塞路,臭不可闻"。湘军将领彭玉麟写过一首《攻克九江屠城》的七律,后四句云:"九派涛红翻战血,一天雨黑洗征裘。直教殄灭无遗种,尸拥长

江水不流。"对照这般般记述，再回过头来读一遍那堂而皇之的《爱民歌》，岂不恰成尖锐的讽刺！

省社会科学院的一位朋友来聊天，恰好看到我写的这篇文字。他说，选取人性阅读这个角度颇有新意。临走前，他还告诉我，从他外祖父手中传下来一幅曾国藩的照片，看一看也许有助于了解其人，因为相貌总是精神的一种外现，即使不是全部，起码也能部分地反映出一个人的内在性格。我赶忙跟他到家，拿过照片来细细地端详一番：宽敞的前额上横着几道很深很深的皱纹；脸庞是瘦长的，尖下颏，高颧骨；粗粗的扫帚眉下，长着长挑挑的三角眼，双眸里闪射出两道阴冷、凌厉的毫光；浓密的胡须间隐现着一张轻易不会咧开的薄唇阔口。留给人的印象很深，有一种心事重重、渊深莫测的感觉。

是的，我心目中的曾国藩，就是这样。

曾国藩一生求稳，从不急于在两眼摸黑的情况下就显露身手，而是左右盘查，细心扫视，上下琢磨，前后思量。此等功夫铸造了一步步为营、稳中求胜的曾国藩。

守护着灵魂上路

一

踏上这片土地,我完全认同国际友人路易·艾黎的评语:长汀是中国最美的小城之一。在这里,我除了饱游饫看蕴涵着典型的客家文化精髓的街衢、建筑,还有幸亲炙了瞿秋白烈士的遗泽,浸染于一种浓烈的人文氛围,在满是伤痛的沉甸甸的历史记忆中,体会独特而凄美的人生况味。

秋白同志被捕后,囚禁于国民党第三十六师师部。这里,宋、元时期是汀州试院,读书士子的考场;数百年后倒成了一位中国大知识分子的精神炼狱。而今庭院萧疏,荒草离离,惟有两株黛色斑驳的古柏傲立在苍穹下,饱绽着生命的鲜活。它们可说是阅尽沧桑了,我想,假如树木的年轮与光盘的波纹有着同样的功能,那它一定会刻录下秋白的隽雅音容。

囚室在最里层,是一间长方形的木屋。推开那扇油漆早已剥落、吱呀作响的房门,当年的铁窗况味宛然重现。简陋的方桌、板床,几支毛笔、一方端砚,刻刀、烟灰缸等都原封未动地摆放着。环境与外界隔绝,时间也似乎凝滞了,一切都恍如隔世,一切却又好像发生在昨天。刹那间竟产生了幻觉:依稀觉

瞿秋白(1899—1935),江苏常州人,散文作家、文学评论家。曾两度担任中共最高领导人。1935 年 2 月在福建长汀县被国民党军逮捕,6 月 18 日慷慨就义,时年 36 岁。因《多余的话》曾受争议。

得主人似乎刚刚离座,许是站在旁边的天井里吸烟吧? 一眨眼,又仿佛瞥见那年轻、俊美的身姿,正端坐在昏黄的油灯下奋笔疾书。多么想,拂去岁月的烟尘,凑上前去,对这位内心澎湃着激情,用生命感受着大苦难,灵魂中承担着大悲悯的思想巨人,做一番近距离的探访和恣意的长谈啊! 然而,覆盖了整个墙壁的一组组图片——绝笔诗、就义地、高耸云天的纪念碑都在分明地提示着:哲人其萎,已经永远永远地离开我们了。

当中华民族陷于存亡绝续的艰危境地,他怀着"为大家辟一条光明之路"的宏愿,走出江南小巷,纵身投入到革命洪流中去。事业是群体的,但它的种种承担却须落实于个体,这就面临一个角色定位的个人抉择问题。当时,斗争环境错综复杂,处于幼年时期的党还不够成熟,而他,在冲破黑暗、创造光明的壮举中,显示出"春来第一燕"和普罗米修斯式的播火者的卓越才能,于是,便不期然而然地被推上了党的最高领导岗位。尽管就气质、才具与经验而言,他未必是最理想的领袖人选;但形格势禁,身不由己,最终还是负载着理想的浩茫,"犬代牛耕",勉为其难。他没有为一己之私而消解庄严的历史使命感。结果,"千古文章未尽才",演出了一场伟大的时代悲剧。

天井中,当年的石榴树还在。触景生情,不由得忆起秋白写于狱中的《卜算子》咏榴词。"寂寞此人间,且喜身无主。眼底云烟过尽时,正我逍遥处。"身陷囹圄,远离革命队伍,不免感到孤独寂寞,所幸此身未受他人主宰,仍然保持着人格的独立、灵魂的圣

将瞿秋白的《卜算子》与陆游的《卜算子·咏梅》做比较阅读,"寂寞、无主、风和雨、花落(零落)、香如故"是两位诗人共用的词语。思考一下他们有哪些相似的情怀。

沧桑无语

◉

204

洁。这样,当审讯、威逼、利诱、劝降等烟雾云霾纷纷过尽时,自己便可以在向往的归宿中自在逍遥了。"花落知春残,一任风和雨。信是明年春再来,应有香如故。"尽管这灿若春花的生命,在风刀雨箭般的暴力摧残下归于陨灭;但信念必胜,一如春天总会重来。

他坚信:"假使他的生命溶化在大众里面,假使他天天在为这世界干些什么,那么,他总在生长,虽然生老病死仍旧是逃避不了,然而他的事业——大众的事业是不死的,他会领略到'永久的青年'。"

二

隔壁就是汀州宾馆。回到下榻处,我再次打开秋白烈士在生命的最后时刻留给我们的灵魂自白——《多余的话》,更真切地走进他的精神深处,体验那种灵海煎熬的心路历程。

秋白以"知我者谓我心忧,不知我者谓我何求"这句古诗作为开头语,揭橥了他的浓烈的忧患意识与担当精神,这是他长期以来耿耿不能去怀的最大情意结,也是中国知识精英的共同心态。想到为之献身的党的事业道路曲折、教训惨重,他忧心忡忡;对于血火交进中的中华民族的重重灾难,他深切反思。他以拳拳之心"担一份中国再生时代思想发展的责任",感到有许多话要说,如鲠在喉,不吐不快;可是,处于铁窗中不宜公开暴露党内矛盾的特殊境况,又只能采取隐晦、曲折的叙述策略。在语言的迷雾遮蔽下,低调里滚沸着情感的热流,闪烁着充满个性色彩的坚贞。他以承荷重任未能恪尽职责而深感

《多余的话》来自一个书生革命者的自觉。瞿秋白所置身的情境,使他面对邪恶时不能明白宣布他的抗争,而只能以一种深意的曲笔,将自己曾有过的追求及失落、扭曲的思索和抗议隐晦地留给了后人。

内疚;也为自己身处困境,如同一只羸弱的马负重爬坡,退既不能,进又力不胜任而痛心疾首。这样,心中就蓄积下巨大而深沉的痛苦。

至于一己的成败得失,他从来就未曾看重,当此直面死亡、退守内心之际,更是薄似春云,无足顾惜了。即使是历来为世人所无比珍视的身后声名,他也同样看得很轻,很淡。当然,这并不意味着他无视个人名誉。他说过,人爱惜自己的历史比鸟爱惜自己的羽毛更甚。只是,他反对盗名欺世,徒有虚声,主张令名、美誉必须构筑在真实的基础上。他是我国无产阶级文学艺术当之无愧的奠基人,可是,却自谦为"半吊子文人"。这里没有矫情,只是不愿虚饰。他认为,价值只为心灵而存在。人,纵使能骗过一切,却永远无法欺蒙自己。一瞑之后,倘被他人谬加涂饰,纵使是出于善意,也是一种伤害,一种悲哀。

真,是他的生命底色。他把生命的真实与历史的真实看得高于一切,重于一切,有时达到过于苛刻的程度。为着回归生命的本真,保持灵魂的净洁,不致怀着愧疚告别尘世,他"有不能自已的冲动和需要",想要"说一些内心的话,彻底暴露内心的真相"。于是,以其独特的心灵体验和诉说方式,向世人托出了一个真实而完整的自我,对历史作出一份庄严的交代。这典型地反映出中国知识分子的本质特征,也是现时日渐式微的一种高尚品格,因而弥足珍重。

他的信仰是坚定的,从来没有说过一句否定革命斗争的话,但也不愿挺胸做烈士状,有意地拔高自己。他要拉开严闭的心扉,显现自己的本来面目。当生命濒临终点时,他以足够的勇气和真诚,根绝一切犹豫,把赤裸裸、血淋淋的自我放在显微镜下,进行毫不留情的剖析和审判。他光明磊落,坦荡无私,在我们这个还不够健全的世界上,以一篇《多余的话》和一束"狱中诗",亮相了自己未及完全脱壳的凡胎俗骨。在敌人与死神面前,他是一条"铁汉子";当直面自己的真实内心时,他更是一个真正的强者,真正的勇士。

文人从政,在中国有着悠久传统。囿于自身的局限性,以及文人与政治不易调谐的矛盾,颠扑倾覆者屡见不鲜。可是,又有谁能够像秋白烈士那样,至诚无伪地痛切反思,拷问灵魂,鞭笞自我呢? 自省这一苦果,结蒂在残酷的枝头。敌人迫害,疾病磨折,都无法同这种灵魂的熬煎、内心的碾轧相比。

文人可以"论政",却不适合"从政"。

"君子坦荡荡",映现出一种难以企及的人生境界。我想,一个如此勇于赤诚忏悔的人,内在必然存有一种坚定的信仰追求和沛然莫之能御的自信力与自制力,有一种把灵魂从虚饰的包裹中拯救出来的求真品格。对于当下充满欲望,浮躁,伪饰而不知忏悔、自省为何物的时代痼疾,这未始不是一剂针砭的药石。

三

一端是当年的汀州狱所,一端是罗汉岭前的刑场——往返于这段不寻常的路上,我反复思考着这样一个问题:迂回宛转的《多余的话》与铁骨铮铮的慷慨捐躯,不也同样构成了两端吗? 它们所形成的色彩鲜明的反差,恰恰代表了秋白烈士的两种格调、

两种风范的丰满而完整的形象,展现出这位"文人政治家"的复杂个性与充满矛盾的内心世界。

人之不同,其异如面。有的单纯,有的驳杂;有的渊深莫测,有的一汪清浅。而在复杂、内向的人群中,许多人由于深藏固闭,人格面具遮蔽过严,他人无法洞悉底里。作为赋性深沉的时代精英,秋白可说是一个例外。在毕命前夕,他即使不愿作惊风雨、泣鬼神的正义嘶吼,也完全可以选择"天地有大美而不言"的沉默。可是,他不,偏偏以稀世罕见的坦诚、毫不掩饰、一无顾忌地展露自我,和盘托出丰富的内心世界与多棱多面的个性特征——沉重的忧心与大割大舍大离大弃的超然,执著而坚定的信念与苦闷、困惑、无奈的情怀,高尚的品格与人性的弱点,夺目的光辉与潜伏的暗影⋯⋯

犹如悬流、激湍是由水石相激而产生的,这种复杂而丰富的内心世界,也是主客观相互作用的产物。秋白同志以文人身份登上政治舞台,不可避免地会遭遇到非自觉的积习与自觉的理智,一己之所长与整体需要,自我精神定向与社会责任,结构决定性与个人主体性之间所形成的内在矛盾冲突,而他的出处、素养、个性、气质,更为这种矛盾冲突预伏下先决性因子。他是文人,却不单纯是传统的文人或现代知识分子,而是革命文化战士;他是政治家,却带有浓重的文人气质,迥异于登高一呼、叱咤风云的统帅式人物。这样,也就决定了他既能毫无保留地献身于革命事业,却又执著于批判精神、反思情结、忏悔意识、浪漫情怀等文人根性,烙印着现代知识精英的典型色彩。可以说,这是使他困扰终生的根本性

书生往往没有悟通世情险恶之道,一旦遇挫,性格转型无路,这也就是文人从政悲剧的开始。

沧桑无语

矛盾。

　　长期以来,时代已经确认了那种义薄云天、气壮山河的豪情壮举,应该说,在这方面,他是做得足够完美的。不同之处在于,他还同时作了一番洞见肺肝的真情倾诉,并以充满理性光辉甚至惊世骇俗的话语,进行深沉的叩问和冷静的思考。——这就突破了既成的思维定式,有些不同凡响了。特别是当他论及那些颇具风险性、挑战性的话题时,竟以十分浓重的艺术气质,注入了颇多的理想成分、感情色彩与个性特征,这样,就难免为"不知者"目为异端,最后遭到种种误读和批判。

　　其实,非此即彼、黑白绝对的思维逻辑,并不能真实认知事物的本质。"光明的究竟,我想绝不是纯粹红光"(瞿秋白语)。《马赛曲》《国际歌》,英风豪迈中不也洋溢着动人心弦的悲壮与低回婉转的深情吗? 从美学角度看,这丰富而复杂的人性,比起简单、纯粹来,更容易产生一种人格魅力和强大的张力,吸引人们去思索,去探究。身为中国大变革时期的探索者、先行者,秋白烈士张扬了真正知识分子的人生境界,具有常说常新的人文价值和现实意义。我相信,即使再过去70年以至700年,他还会成为含蕴深厚的话题,令人回味无穷,盛说不衰。

　　同样,他的思想也具有一定的超前性。莫说当时,即使在几十年后的今天,那些关于灵魂、关于人生、关于生命价值的终极意义等世纪命题,仍然有着广阔的阐释论域和颇多的待发之覆,从而为现代思想史留下鲜活的印迹,足以抗拒时间的流逝,恒久地矗立于历史深处。

"哲人日已远,典型在夙昔。风檐展书读,古道照颜色。"民族英雄文天祥《正气歌》中的结句,可谓实获我心:前贤已经远离开我们,可是典范长存。在短檐下展开史册来读,顿感他们的凛然正气辉映着我的面容。

四

数日勾留,我感到,革命老区长汀人民对于秋白烈士怀有极其深厚的感情,历数十年不变,父而子、子而孙地口耳相传,叙说着这座城、这条路、这一天、这个人的苍凉而壮丽的往事。在这里,我尝试着做一番复述:

作者以自己的想象之笔对瞿秋白守护着灵魂上路经过作了一番个性化的描写。

历经了一场灵魂的煎熬,那郁塞于胸间的一腔积愫已全盘倾诉出来,现在,他才真正感到彻底地获得解脱,从而表现出一种从未有过的超然。

他早已超越于生死之外了。昨晚,当获知蒋介石的密令已到,刽子手即将行刑时,面容显得异常平静。停了一会儿,站起身来,示意来人走开,并说:"人生有小休息,有大休息,今后我要大休息了。"然后就安然睡下,迅即发出均匀的呼吸声,"梦行小径中,夕阳明灭,寒流幽咽,如置仙境……"

晨曦悄悄地爬上了狱所的窗棂,屋里倏然明亮起来。他心中想着:这世界对于我们仍然是非常美丽的。一切新的、斗争的、勇敢的都在前进。当然,任何美好事物的争得,都须偿付足够的代价。为此,许多人踏上了不归之路。

这样,他,也就守护着灵魂上路了。

一袭中式黑色对襟短衫、齐膝的白布短裤、长筒线袜、黑色布鞋，目光里映射着理想的幽深，香烟夹在指间，一副泰然自若的神情。尽管结核病已经很重了，几个月的心力交瘁更折磨得他十分虚弱，可是，看上去，仍然是那么伟岸、洒脱。

走出大门时，他回头看了一眼空荡荡的院落，又向荷枪环伺的军人扫视了一下，嘴角微微地翘起，似乎想说：敌人的如意算盘——征服一个灵魂、砍倒一面旗帜、摧毁一种信仰，已经全然落空；得到的只是一具躯壳。可是，"如果没有灵魂的话，这个躯壳又有什么用处？"

途经中山公园，他见凉亭前已经摆好了四碟小菜和一瓮白酒，便独坐其间，自斟自饮，谈笑自若。他问行刑者："我的这个身躯还能由我支配吗？我愿意把它交给医学校的解剖室。"原来，就连这具躯壳，他也要奉献给人民。接着就是留影——定格了他最后的风采：背着双手，昂首直立，右腿斜出，安详、恬淡中，透露出豪爽而庄严的气概，一种悲壮、崇高的美。

路上，他以低沉、凝重的声音，用俄语唱着《国际歌》，呼喊着"中国革命胜利万岁"、"共产主义万岁"等口号。到了罗汉岭前，他环顾了一番山光林影，便盘膝坐在碧绿的草坪上，面对刽子手说："此地很好！"含笑饮弹，告别了这个世界。

此刻，"铁流两万五千里"的中国工农红军，正进行着一场震古烁今、名闻中外的伟大长征。而未能加入"铁流"的秋白同志，在这长仅千余米的人生最后之旅中，也同样经受着最严酷的生命与人格的考

验。"咫尺应须论万里",这是另一种形式的伟大长征。

死亡,是人生最后的也是最为严峻的试金石。他以一死完美了人格,成全了信仰,实现了超越个人有限性的追求。烈士的碧血、精魂,连同那凄婉的"独白",激越的歌声,潇洒从容的身姿,在他短暂而壮丽的人生中,闪现着熠熠光华。

对于他,死亡不是终结,而是完成。

■ 九一八，九一八

九一八，九一八，

从那个悲惨的时候，

脱离了我的家乡，

抛弃那无尽的宝藏。

流浪！流浪！

整日价在关内流浪！

哪年，哪月，

才能够回到我那可爱的故乡？

哪年，哪月，

才能够收回那无尽的宝藏？

爹娘啊，爹娘啊，

什么时候，

才能欢聚一堂？！

这首最先在西安校园唱开，而后又响遍多个城市街头的《松花江上》，我是直到建国后上了初中才听到的。那苍凉悲慨、凄婉动人的歌声，一下子就把我的"少年心"紧紧地攫住了，听着，听着，眼泪便刷—刷—刷地流淌下来。

213

由《松花江》上引出"九一八"，自然明朗。

音乐本身就具有移情动性、感发兴起的功能，加之身在曾经沦为殖民地的东北，有着直接的生活经历与生命体验，因此，那回环萦绕、反复咏唱的旋律，像是旋动着的一颗螺丝，一步步把激扬澎湃的情感推向顶端，直至万箭攒心，肝肠欲断；最后竟达到这种地步，只要一提到"九一八"这三个字，耳畔便立刻荡起这悲凉、愤懑的歌声。

后来，我读了民国年间的东北史，又陆续看到一些有关张学良将军的史料，知道原来史册上是记载着两个"九一八"的。——在那个举国上下无人不知、无人不晓的"九一八事变"的前一年，1930年也有一个轰动全国的"九一八"。二者不同的是，前一个把张学良推上荣誉的巅峰，后一个使他堕入耻辱的泥淖。时隔一年，他就由光华四射的耀眼明星变成了人人喊打的过街老鼠。真是"世事茫茫难自料"啊！

张学良（1901—2001），字汉卿。祖籍辽宁海城，国民党陆军一级上将。人称"少帅"，奉系军阀首领张作霖的长子。

二

1930年中原大乱。经过频繁的幕后活动，李宗仁、冯玉祥、阎锡山等各派势力，公开亮出了反蒋旗帜，他们一致拥戴阎锡山为"中华民国陆海空军总司令"，逼迫蒋介石下台。当时唯一没有卷入这场战事的，是雄踞山海关外、同样手握重兵的张学良。在斗争双方旗鼓相当、相持不下的情势下，显然，当时有"中国政治舞台上的一颗新星"之誉的张学良，"左袒"则左胜，"右袒"则右胜，舆论公开地宣称："谁赢得了少帅的支持，谁就赢得了这场战争，甚至就能赢得整个中国。"因而，他的一言一行、一举一动，受到

沧桑无语

写出张学良的精神轨迹和心路历程。文学创作不能停留在事实的层面上，而要向心灵深处进逼。

214

社会各界的密切关注,地位骤然凸显出来。于是,交战双方都费尽心思寻觅能与张氏拉上关系的人物,沈阳城里,冠盖云集,帅府楼前,说客盈门,都竭力争取东北军的支援。

形式上,张学良严守中立;内心里已经意有所属,那就是南京政府。因为他一贯以维护国家和平统一为旨归,在他看来,蒋介石是代表中央政府的理想人物。他先是致电阎锡山与冯玉祥,认为"战争对外则为耻辱,对内为人民所不取",表示"如能同意罢战,愿执调停之劳",结果遭到拒绝。于是,在9月18日,张学良发出了轰动中外的通电,主要内容是:

> 战端一起,七月于兹,庐舍丘墟,人民涂炭,伤心惨目,讵忍详言! 战局倘再生长,势必致民命灭绝,国运沦亡,补救无方,追悔何及,此良栗栗危惧者也……良委身党国,素以爱护民众、维持统一为怀,不忍见各地同胞再罹惨劫,用敢不揣庸陋,本诸"东电"所述,与夫民意所归,吁请各方,即日罢兵,以纾民困。至解决国是,自有正当之途径。应如何补救目前,计划永久,所以定大局而餍人心者,凡我袍泽,均宜静候中央措置。

电文语意含蓄,措辞温和,并未明显指责某一方,但由于文中有"静候中央措置"字样,客观上已经彰显了他的立场,因而在整个政界鼓荡起一场轩然大波。即此,亦足以见出当时他在全国举足轻重的地位。

尊重历史,不为尊者讳。

电文发出后，张学良即调遣十多万东北精锐之师，浩浩荡荡开入关内，反蒋联盟闻风溃退，迅速瓦解。阎锡山在地上往复兜圈子，边走边说："完了，完了！咋个办呢？咋个办呢？"立即宣布辞去"总司令"之职；随后，与冯玉祥所率军队全体将领联名复电张学良："今我公慨念时艰，振导祥和，凡有血气，莫不同情"，"究宜如何循正当之途，以定国是，敬请详示"。至此，军事调停宣告成功，从而结束了民国史上为时最长、投入兵力最多、付出代价最大的一场内战。仅用十几天，东北军就平定了华北，平、津、冀政权由东北军全面接收。

很快，张学良就接任了中华民国陆海空军副总司令一职。到达南京时，受到了蒋介石为首的中央政府最高规格的接待，礼遇之隆重，报章上说是"前无古人，后无来者"。当张学良一行由浦口过江时，江中的军舰和狮子山上的炮台，礼炮齐鸣，向他表示敬意；船至下关码头，早已恭候在这里的国民政府各路大员，齐声问候，鼓掌欢呼；驱车上路，目光所及，满城都张贴着"欢迎拥护中央、巩固统一的张学良将军"的巨幅标语；进了国府大门，蒋介石以对等身份，降阶相迎。

为了酬答张学良的勋劳，蒋氏授予他节制奉、吉、黑、晋、察、热、绥、鲁八省军队之权柄，并将北平、天津、青岛三市及河北、察哈尔两省划归奉系管辖。俨然与这位未及"而立"之年的少帅平分天下，共掌朝纲。张学良一时位极"人臣"，权倾朝野，其政治生涯可谓登峰造极，也是他人生最为得意的时刻。这飞来的荣誉，不禁使他有些飘飘然，甚至忘乎所以了。说来也不奇怪，毕竟他还很年轻呀！

三

月盈则亏，物极必反。得意，是一种很可怕的心态。正如古语所说的，"福兮祸所伏"，少帅辉煌的荣耀，至上的威权，也埋伏下危机的种子。

就在他统率十余万精锐之师挥麾入关，致令东北兵力空虚，而八省三市冗杂的善后事宜亟待处理，无力顾及东北防务的严重时刻，密切关注、伺机待动的日本关东军，早已磨刀霍霍，杀气逼人。于是，一场陷他于灭顶之灾、使他遭受奇耻大辱的另一个"九一八"，正在暗地里悄悄地等待着他。

1931 年夏天，张学良因患重症伤寒，入住北平协和医院诊治，入秋之后渐渐恢复。9 月 18 日晚，东北军政要员为辽西特大水灾筹措救助基金，在前门外中和戏院举行盛大京剧义演，著名青衣梅兰芳领衔演出《宇宙锋》。各国驻平使节及当地士商名流应邀出席。病后初愈的张学良也一道前来观看。正当全场沉浸在精美绝伦的艺术享受之中，少帅突然被紧急电话唤出，原来，一场震惊中外的事变在沈阳的柳条湖发生了。

当晚 22 点 20 分，日本关东军炸毁了奉天北大营附近柳条湖的一段南满铁路，并扔下三具穿着中国军服的尸体，诬称中国军队破坏南满铁路，袭击日军守备队。于是，参加夜间"演习"的关东军各部队，分别向北大营、奉天城等预定目标发起攻击。当时，中国士兵群情激奋，要立即予以反击，可是，旅长却下达了张学良发出的"不予抵抗"的指令,当时还有这样的话:"缴械任其缴械,占领营房任其占领营房。"结果,到了第二天上午 8 时,陆续得到增援的日军几乎未受到任何抵抗,便占领了整座城市,东北军被迫撤向锦州。当时全国最大的、拥有 5 万名工人的沈阳兵工厂,连同 9 万余支步枪,2 500 挺机关枪,650 多门大炮,2 300 多门迫击炮,东北航空处的 260 多架飞机,以及大批弹药、器械、物资等,全部落入日军之手。尔后,四个月零十八天,就占领了相当于日本本土三倍的整个东北。

难道是真的活见鬼了?为什么张学良竟然鬼迷心窍,做出这样既悖常情、又乖公理的决定?不妨追溯几件近期发生的事情,也许可以给出一定的答案。

前此一两个月,因为"万宝山事件"、"中村事件",引发了全国风起云涌的抗日怒潮,蒋介石对此十分光火,当即在"剿共"前线,电告南京政府与张学良:

> 无论此后日本军队如何在东北寻衅,我皆不应予以抵抗,力避冲突。吾兄万勿逞一朝之愤,置国家民族于不顾。希转饬遵照执行。……宜隐忍自重,以待机会,以免被共产党利用,逞共匪之跋扈,同时对于中日纷争更有导入一场纷乱之虞。

事变发生前几天,蒋介石又当面向张学良交代:

> 最近,我获得了可靠的情报,关东军在东北

1931 年日本为侵占中国东北、挑拨中朝人民关系而蓄意制造的杀害中国农民的事件。7 月 1 日,因日本支持的朝鲜浪人非法强租吉林长春万宝山的荒田和在当地农民的耕地上筑坝挖渠,引起当地农民激烈反抗,双方发生冲突,后日本乘机煽动反华,大抵旅朝华人遭袭。该事件实际上成了九一八事变的前奏。

沧桑无语

218

就要动手。我这次和你会面，最主要的是要你严令东北全军，凡遇到日本进攻，一律不准抵抗。如果我们回击了，事情就不好办了。你的身体不好，和日本人打交道的事交给中央。

　　这就是说，张学良的下令不抵抗，是奉行了蒋介石的既定方针。

　　其实，这种不抵抗的政策也并非蒋氏所独创。可以说，近代以来的历届中国政府，对于英、法、美、日、俄等各国列强的侵略挑衅或中外局部性冲突的处理，大多持让步、妥协、忍耐及不抵抗的态度，几十年间，几成惯例。他们还美其名曰：这是另一类的爱国主义，——弱者面对强者，出于最低限度的自我保护，只能忍辱负重，在夹缝中求生存。此其一。

　　其二，蒋介石师法曾国藩当年处理洋人与太平军关系的故伎，将"安内攘外"确立为国民政府的一项基本方略。而不抵抗政策不过是这一方略的逻辑推演与必然延伸。因为他一向把眼皮底下的共产党看成心腹大患，而视东北边陲之外、蠢蠢欲动的日本人为"成不了气候的敌人"。他在 1931 年 7 月 23 日《告全国同胞一致安内攘外》的文告中，指出："攘外应先安内，去腐乃能防蠹"；"不先消灭赤匪，恢复民族之元气，则不能御侮；不先削平粤逆，完成国家之统一，则不能攘外"。

　　可是，具体落实到张学良身上，就另当别论了。他是那样一个"爱国狂"，国仇家恨集于一身，对日本鬼子切齿痛恨；此刻，面对强敌入侵，国土沦亡，东北三省父老乡亲惨遭荼毒，他怎能坐视不顾，置若罔闻

从思想根源、个性特征上探索张学良唯蒋之命是从的原因。

张学良因"皇姑屯"事件与日本结下了"杀父之仇"。

呢？况且，以他那样一个"天不怕，地不怕"、敢作敢为、我行我素的犟牛猛虎，蒋介石只凭着几句嘱托，一纸饬令，就能把这个"东北硬汉子"的手脚捆绑住吗？

我们且听听张学良自己是怎么讲的：

> 要说我就是不想抵抗，我是一点不服的。但是你要责备我一句话，说我作为一个封疆大吏，东北那么大的事情，我没把日本人的情形看明白，——我还是把这时的日本看做是平常的日本，我就没想到日本敢那么样来，我对这件事情，事前没料到，情报也不够，我作为封疆大吏，我要负这个责任……
>
> 我情报不够，我判断错误！我的判断是，日本从来没敢这么扩张，从来没敢搞得这么厉害，那么，现在他仍然也不敢。我也判断，这样干，对你日本也不利啊！你要这样做法，你在世界上怎么交代？那个时候，我们也迷信什么九国公约、国联、门户开放，你这样一来，你在世界上怎么站脚？

原来如此！

四

揆情度理，设身处地，张学良这么讲，应该说是可信的。但是，新的一系列问号又随之跳了出来：

作为封疆大吏，守土有责，为什么你事前竟然没

事变前对于日本军国主义的本质缺乏清醒的认识。

沧桑无语

220

有料到？

为什么"情报不够"，作为最高指挥官，难道不晓得"知己知彼，百战不殆"的兵法常规吗？

纵使事变当时猝不及防，为什么战局拉开之后，日本军队一日之内下我二十城，略地千余里，就是说，他们已经动真格的了，作为军事统帅，你还是拒不抵抗呢？

本着中国传统史学"春秋责备贤者"之义，寻根究底也好，"诛心之论"也好，这些疑问都是无法回避的。

其间的症结所在，是他事变前对于日本军国主义的本质缺乏清醒的认识。他说："我的判断是，日本从来没敢这么扩张，从来没敢搞得这么厉害，那么，现在他仍然也不敢。我也判断，这样干，对你日本也不利啊！你要这样做法，你在世界上怎么交代？"之所以如此，不能不归咎于他在整个时局面前，得意忘形，心浮气躁。既然东洋鬼子"不过尔尔"，那也就用不着随时掌握什么"情报"、分析什么"动向"了。

而在战局拉开之后，面对日本军队势如破竹的凌厉攻势，他又从这个极端跳到了另一个极端，由原先的满不在乎，一变而为"悚然惊惧"；接下来，又产生了三个"错误期待"，一个"深层考虑"。

张学良对日态度上"两个极端"、"三个错误期待"，以及"一个深层考虑"。

他认为，"我以东北一隅之兵，敌强邻全国之力，强弱之势，相去悬绝"；"日军不仅一个联队，它全国的兵力可以源源而来，绝非我一人及我东北一隅之力所能应付"。这里不排除有过高地估计敌军实力的偏向，但日军的蓄谋已久，成竹在胸，而且积聚足够的兵力，也是事实。当时，东北境内的日本正规

军,包括一个师团和六个铁路守备队,另有持枪的警察、宪兵、特务团、义勇团等名目繁多的辅助军事力量,总数在十万人以上。

三个"错误期待":一是期待当时的国联出面干涉,企盼英美等西方国家制止日寇的侵略行为。当李顿爵士率领国联调查团到达东北时,张学良曾乐观地认为,一俟调查清楚后,当会采取措施帮助中国,制止日本侵略。二是期待蒋介石领导的南京政府改变不抵抗的政策,在全国掀起全面抗战。事变当时,张学良曾对东北高级将领说:"现在我既听命于中央,所有军事、外交均系全国整个的问题,我们只能速报中央,听候指示。我们是主张抗战的,但须全面抗战;如能全国抗战,东北军在最前线作战,是义不容辞的。"三是期待日本政府制止关东军对中国东北的野蛮侵略。由于这三个"期待"均没有现实依据,因而,最终全部沦为甜蜜蜜的幻想。

而其深层次的考虑,则是拥兵自重,保存实力。张学良毕竟出身于地方军阀,他所念兹在兹的必然是手下的军队,这无异于他的"命根子"、"护身符"。他曾对部下说:

> 当时,从政治和战略上分析,敌强我弱,假如违令抗日,孤军作战,后继无援,其结果不仅有可能全军玉碎;更为严重的是,惟恐给东北同胞带来战祸,造成极大的灾难。为了避免无谓的牺牲,保存实力,所以我忍辱负重,暂率东北军退出东北,卧薪尝胆,同仇敌忾,整军经武,提高部队素质,以期有朝一日打回老家,消灭日本

侵略者。

对于他来说，"中东路事件"的教训是至为惨痛的。本来是蒋介石下令出兵，并答应一旦开战，中央将派出十万援兵全力支持。可是，当与苏军交战后，竟致一败涂地，东北军损失惨重，而蒋介石却未派一兵一卒，坐视不救。到头来，只有大呼上当，自认霉头。中央发令的事，结局尚且如此；如果擅自行动，后患将更加不堪设想。应该说，这是他拥兵自保，不予抵抗的深层原因。

五

至于忠实地执行蒋介石的方针，在张学良来说，也是事物发展的必然结果。追根溯源，可说是"久矣夫，非一日也"。张学良自幼就痛恨军阀割据，各霸一方，造成国家分裂，民生凋敝；而把蒋介石统治下的南京政府视为统一的象征，寄予深切的希望，并自觉自愿地将自己与东北军置于被统领、被调遣的地位。1929 年，蒋介石命令他收回中东路，他即出兵与苏联作战；后来，石友三叛变南京政府，他即刻应调，率兵平叛。在他眼中，蒋氏即是中央，中央即是统一政府，他把服从中央政府的调遣看作军人应尽的职责。也正是基于这种情况，几十年来，社会各界才一致认为，张学良是执行了蒋介石的不抵抗方针，才导致东北沦陷，最终成了"替罪羊"。

据张学良的"口述历史"披露，关于这段历史，他有如是说法：

1929 年中苏两国因中东铁路主权问题而引发的外交和武装冲突事件。5 月 27 日中国东北地方当权者在蒋介石的指使下，借口苏联赤化东北，首先派军警搜查和逮捕苏联驻哈尔滨领事馆及其外交人员，接着，又以武力接管两国共管的中东铁路，驱逐苏方职员。

我是主张抗日的。但在蒋先生心里，他的第一敌人是共产党。能保持他的政权，他什么也不管。他是老谋深算的政客，我是很年轻的……蒋先生是个投机取巧型的买办，完全是唯我的利益独尊主义。

同时，他还这样说：

我要郑重地声明，就是关于不抵抗的事情。九一八事变不抵抗，不但书里这样说，现在很多人都在说，说这是中央的命令，来替我洗刷。不是这样的。那个不抵抗的命令是我下的，说不抵抗是中央的命令，不是的，绝对不是的……

我下的所谓不抵抗命令，是指你不要跟他冲突，他来挑衅，你离开他，躲开他。

我简单地讲这个道理，讲这个事实。日本人在东北同我们捣蛋不是第一次了，他捣了许多年了，捣了许多次了，每次都是这样处理的嘛……

当晚，根本不知道这就叫做"九一八事变"，也不知怎么向政府请示该怎么办。因为那时关东军经常寻隙挑衅，隔几天就找点事闹闹……

我这个人说话，咱得正经说话，这种事情，我不能诿过于他人。这个事不是人家的事情，是我自己的事情，是我的责任……

我这个人是不受操纵的，但凡做事，我有我自己的主意，我有我自己的见解。

沧桑无语

这番话，再一次显现了张学良的个性特征。"大丈夫要光明磊落，敢作敢当，不能功归自己，过诿他人"。这是他经常挂在嘴上的一句话。

事情其实也很简单，就是各有各的账。无论张学良如何奉行"忠恕之道"；面对日寇的疯狂入侵，蒋介石推行不抵抗政策，这是板上钉钉，洞若观火的。

六

国土沦亡，山河破碎，激起全国人民的无比愤慨，纷纷指责蒋介石和张学良的不抵抗行为。著名的爱国学者王造时愤怒地指出：

> 古今中外的历史，丧权的也有，失地的也有，甚至于亡国的也有，但决找不出丧失土地如此之多而不抵抗的例子。有之，只有"九一八"一役！
>
> 实行不抵抗主义的人们，还有什么理论可以自行辩护呢？失去东三省不抵抗，失去热河不抵抗，将来失去华北恐怕还是不抵抗；不抵抗主义不但断送了数百万平方公里土地、数千万的同胞，并且，贻我中华民族万世之羞！

"九一八事变"后，对于张学良，群起而攻之，甚至连吴佩孚都写了讽刺诗：

> 棋枰未定输全局，宇宙犹存待罪身。
> 醇酒妇人终短气，千秋谁谅信陵君。

因为张学良被列入"民国四公子"之一,故有"信陵君"之喻;"醇酒妇人",语含讥刺,显然是从"张拥胡蝶共舞"的谣言引申而来。当时的舆论,甚至连他陪同外宾观赏京剧也有所责难,认为在千钧一发的危难之际,竟有闲情逸致去看戏,真可说是"陈叔宝全无心肝"。而在天津的日本特务机关报《庸报》,则故意捏造有关张学良的桃色新闻,上海有的报纸也大肆刊载这类消息。

辛亥革命党人、在政界学界历任要职、颇负诗名的马君武,根据这些传闻,在《时事新报》上发表了两首《哀沈阳》的七绝,并自诩堪与清初著名诗人吴梅村痛斥汉奸吴三桂的《圆圆曲》相媲美:

赵四风流朱五狂,翩翩胡蝶正当行。

温柔乡是英雄冢,哪管东师入沈阳。

告急军书夜半来,开场弦管又相催。

沈阳已陷休回顾,更抱阿娇舞几回。

从前面讲到的情形看,事实显然大有出入。但身为当事人的张学良,"戴盆难以望天",除了一再申明:"第一,不屈服,不卖国;第二,不贪生,不怕死。倘有卖国行为,将我打死,将我的头颅割下,也是愿意的";只有觍颜受过,打牙咽进肚里。赵四小姐也取沉默态度,未置一词加以辩解。惟有胡蝶连续两天在《申报》上发表声明,郑重进行批驳,说她"留平五十余日,未尝一涉舞场";况且,同张学良从来就未曾见过面。声明中揭露,这是日本人的"宣传阴谋",

"欲毁张副司令之名誉,冀阻止其回辽反攻"。

　　而"朱五"则以另外一种方式,把这笔账找了回来。"朱五"系北洋政府内务部长朱启钤的第五个女儿,名湄筠,是少帅秘书朱光沐的妻子。有一年在香港,她与马君武在一次宴会上见面了,便端着酒杯走了过去,说:"马老,你知道我是谁吗? 我就是你诗中所写的那个'朱五'啊,来,我敬你一杯酒,感谢你把我变成名人啦!"马君武现出一脸窘相,见势不妙,慌慌张张地溜走了。

　　当时,同为京师"四公子"之一的张伯驹(笔名"丛碧")在《故都竹枝词》中写道:

京师"四公子"为张伯驹、溥侗、袁克文和张学良。

　　　　白山黑水路凄迷,年少将军醉似泥。
　　　　为问翩翩蝴蝶舞,可曾有梦到辽西?

　　作者原注:"时东北已失,张学良在京方昵电影明星胡蝶,每跳舞至深夜。"显然,这位丛碧先生也同样听信了报纸的传闻,作了并不符合实际的口诛笔伐。

　　这种批评的风潮持续了很久,直到张学良宣布下野、出国,著名学者林语堂还在他主编的《论语》杂志上登了一首打油诗加以调侃:

　　　　赞助革命丢爸爸,拥护统一失老家。
　　　　巴黎风光多和丽,将军走马看茶花。

　　就这样,"阅尽人间春色"、头上罩满光环的张学良,一时间,竟成为一个万口讥嗤、罪不容诛的丑恶

角色;东北军也被冠以"误国军"的恶名。

相对而言,著名诗人柳亚子的诗显得客观一些:

> 汉卿好客似原尝,家国沉沦百感伤。
> 欧陆倦游初返棹,梦中倘复忆辽阳。

大意是,张学良虽然行侠好客,却未能率国士报国,这比平原君、孟尝君等战国时期的"四公子"更加不幸。而他纵然集家仇国难于一身,却又不能明言"不抵抗"的真相,只能梦中忆念沦陷的乡关暗自感伤。评判之余,饱含深切的同情。

也许是因为这首诗深深触动了少帅的私衷吧,他一直记忆在心里,几十年过后仍感怀不忘。

是呀,正如《松花江上》的歌词说的,"哪里是我们的家乡","我们已无处流浪,已无处逃亡"。这个有国无家,在异乡养育大的孤儿,梦里还乡,何止千次百次。只是,离别的时间实在是太久了,"奉天此日楼千百,只恐重来路欲迷"呀!

单元链接

《曾国藩家书》一书内容在《用破一生心》文中有所涉及,值得一读,感兴趣的读者可以找来此书通读,书中很多人生哲理警句对思考人生很有启发。想了解这段历史的读者也可以参阅《中国近代史》(上海古籍出版社)等史书,从中可以把握住历史的发展脉络,以史为鉴,了解历史背景对文化散文的阅读能起到重要作用。

沧桑无语

编后语

　　王充闾先生的历史文化散文作品《沧桑无语》二十年前初版后,深受广大读者欢迎。很快地,其中文繁体版权为台湾尔雅出版社购买。

　　在《沧桑无语》中,作者实实在在地把眼光转向了过去的岁月,倾注于历史的风云和生命的来路。以雄浑沉着的绘景笔致,开掘山水之间的历史意蕴,将零编片简、断瓦残碑装订成新的史册;在敏锐的思辨之中,以冷峻深邃的史家目光审视存在的价值,诠释人生哲理意趣,体验审美情境。

　　在早已化为烟尘的往事中,《沧桑无语》选择了庄子、李白、苏轼、陆游、曾国藩等有着丰富的内心世界和明确的人生方向的人物。"青山魂"把一个"潇洒绝尘的诗仙"的悲壮人生推到了我们面前。作者关注的是诗人李白坎坷蹭蹬的生涯和巨大的内心冲突,一方面是渴望登龙入仕、经世济民而不得的现实存在,一方面是体现生命的庄严性及由此而产生的超越时空的深远魅力的诗意存在。这两者之间的强烈冲突构成了李白无可避免的内心矛盾,也很典型地反映了"士"的性格与命运悲剧。"寂寞濠梁"对心灵无羁绊、赋性淡泊的庄子有着一种心灵的切近,对那种"万物情趣化,生命艺术化","把身心的自由自在看得高于一切"的人生态度表现了发自内心的向慕与认同。

　　人生总有一些自性的东西需要守住。只有守住这些超乎现实生活之上的东西,人的精神才有引领,才能处于自足状态,在世俗的包围中存留一片心灵的净朗天空。在这方面,王充闾执著得近乎固执。他摒弃种种生活的诱惑,而一次又一次地挑战自我,向思索的深度、冥想的广度掘进,在散文天地中,留下清晰的生命足迹。"大块无言草自春",恰是这样

一种人生的自白。王充闾在现在中追忆过去,把过去通过反省存留于现在,在情感和心智上与它交往、对话、共感,通过这种内在交往启迪自身。在对历史事件、人物的描述中,在明确的追寻与扬弃中,我们分明感到,"无语"的"沧桑"总在诉说些什么。

王充闾对于历史和文化的迷恋与虔诚,使我们感到,他在《沧桑无语》创作的审美构思过程中,内心深处必然集结着某种特别的、不能自已的创作冲动与心理情结,那就是学者们总结出的废墟情结、庄禅情结、梦幻情结和诗语情结。首先,王充闾散文中的废墟情结,主要体现为他对于历史上已经湮没的名都、古城、园林、遗迹等昔日辉煌繁盛、如今颓败残缺的存在所具有的一种深沉的追念心理,这形成了他独特的审美情趣与艺术敏感。他的废墟情结已成为强烈的审美专注意识,形成他自觉的创作思想。而庄禅情结、梦幻情结与诗语情结在王充闾的散文中体现在对人物事件的选择、评价及意义的引发上。王充闾散文中有着在庄子思想基础上更进一步的"无执"等智慧,表现在能够超越一时一地的是非曲直、穷通祸福的俗常认定,能在宇宙衍化中推求人生、证得因果、彻悟古今世事的一切相法,并能从山川、草木、日月、江河的万有存在中,悟得人的生命自性的存在。这些使得他的散文充满梦话与诗语的意境,形成他独特的诗意审美与智性理趣。

作为王充闾的主要代表作品之一,《沧桑无语》无疑取得了很大的成功,2001 年该书获辽宁省第二届散文创作"丰收杯"奖(1990—2000)特等奖。王充闾的创作水准和学术地位得到了全国文学界的公认。2002 年,王充闾与余秋雨、季羡林等同时被聘请"北大散文论坛"嘉宾。2004、2007 年第三、第四届鲁迅文学奖散文评奖中,连续聘请王充闾来出任评奖委员会主任。该奖项深受全国文学界的关注,这一头衔一向被认为,只能由全国文学界德高望重的文学大家来担任,否则难以服众。

沧桑无语 ●